DIE LITERATUR OFFENSIVE
SEIT 1989

Die Literatur-Offensive
Eine Heidelberger Autorengruppe

Edition LitOff
Eine Bühne der Literatur jenseits der Beliebigkeit konfektionierter
Massenware. Eine Bücherreihe der Literatur-Offensive Heidelberg (LitOff).
Die Sprache der Literatur ist kein unschuldiges Zeichensystem und auch
die Produktion eines Buches folgt der zeitgebundenen Realität, in deren
Kontext sie entsteht. Mit dieser Bücherreihe nehmen die Autorinnen und
Autoren der Literatur-Offensive ihr Metier selbst in die Hand. Sie disku-
tieren ihre Texte, lektorieren sich gegenseitig oder wirken als Herausgeber
mit. Das ist die Erneuerung der Literatur aus den Kräften der Freiheit.
Jenseits des Zeitgeistes entsteht eine neue Qualität, die Altgesuchtes
wieder freilegt: Das Buch, das die Fantasie anregt.

Die Autorin dankt dem Lothar-Seidler Verlag Heidelberg für die
freundliche Genehmigung, das Label *Edition LitOff* nutzen zu können.

Über die Autorin
Olga Manj, geboren 1957 im Südhessischen Ried, ist Schriftstellerin und
Diplom-Volkswirtin. Sie veröffentlichte bereits eine erste Dekameron-
Novelle „Die schöne Bäckerin" (2007). Die Autorin wirkte bei dem Roman
„Nebelkopfhütte" (2009) mit, den fünf Autoren gemeinsam schrieben
(www.nebelkopfhuette.de). Beide Bücher wurden im Lothar-Seidler Verlag
Heidelberg veröffentlicht. Ferner erschienen ein Gedichtband „Liebe und
sonstige Schrecklichkeiten" (1995) und einzelne Geschichten, darunter
„Braves Mädchen" (1997) / „Die Hexe Snella" (1998) / „Die Königin der
Nymphen" (2003) / „Der Selbstmord" (2006) / „Dark Side" (2008) / „Tod in
Worms" (2013). Die Autorin lebt als Schriftstellerin und arbeitet als
Controllerin in Mannheim. Sie gehört der Literatur-Offensive seit 2003 an.
In folgenden Werken dieser Autorengruppe ist sie mit Gedichten und
Geschichten vertreten: Nachtmenschen (Anthologie 2003), In den Tag
(Hörbuch 2004), Romantik-Spiegel (Anthologie 2006), Lyrik, Literatur, ha!
(Radiofeature 2012).

Olga Manj

Hochzeitssuppen

Kurpfälzer Dekameron

Verlag BoD, Norderstedt

Inhalt

DURUSAN UND WŁADYSŁAW / Durusan schlenderte mit seiner großen Sporttasche über den Parkplatz. Er trug eine blütenweiße Trainingsjacke und blaue Jeans. Das Sportstudio lag auf dem Gelände des Neuostheimer Flughafens. Vom Restaurant Lindbergh drangen Fetzen von Chill-out-Musik an sein Ohr. Viele Leute saßen an den Tischen in der Abendsonne. Auf den ersten Blick sah er keine Frau, die ihn interessiert hätte und auch keinen Bekannten. Er musterte stets aufmerksam die Menschen seiner Umgebung, vielleicht sogar einen Hauch misstrauisch. Vor zwei Jahren hatte er seinen türkischen Pass abgegeben und sich einbürgern lassen. Da war er einundzwanzig. Er wusste, wo zuhause seine Einbürgerungsurkunde lag, doch allmählich hatte er es satt, das jedem zu erklären. Heute saßen mehr Leute da als sonst, schließlich war morgen der 1. Mai.

Wenn seine Schicht es erlaubte, ging er gern abends ins Studio, denn dann war mehr los. Morgens joggte er lieber im Waldpark am Rhein entlang oder auf der Reißinsel, wenn diese außerhalb der Vogelbrutzeit freigegeben war. Er ruderte samstags auf dem Neckar bei nahezu jedem Wetter, sogar bei Hochwasser, auch wenn das gefährlich war. Er konnte sich das alles leisten, denn er arbeitete in einer großen Montagehalle in der Qualitätsprüfung als Mechatroniker beim *Benz*, wie der Daimler in Mannheim genannt wird. In der Montagehalle wurden Busse zusammengesetzt.

In der Männerumkleide seines Sportstudios traf er auf Władysław, der in einem völlig unmodernen Sportanzug da saß und missmutig auf ihn wartete.

„Hallo Sportsfreund", wurde er von seinem Freund begrüßt. „Ich könnte mir in den Arsch beißen. Warum muss ich diesen Gutschein ausgerechnet heute einlösen, nur weil er ab morgen verfällt? Ich habe ein Mädchen versetzt, das mit mir ausgehen wollte."

Władysław arbeitete mit Durusan beim Benz in der gleichen Halle und auf derselben Schicht.

„Armer Władysław", spöttelte Durusan. „Du machst halt immer alles auf den letzten Drücker."

Władysław sog die Luft durch die Zähne und schüttelte den Kopf. Seine Augen strahlten blau zwischen ein paar blonden Strähnen hervor: „Mach jetzt bloß keine Anspielungen über irgendwelche Unpünktlichkeiten. Ich kann den Unsinn nicht mehr hören. Das Sportstudio hätte schließlich auch einen unbefristeten Gutschein ausgeben können, dann gäbe es diese Hast heute nicht."

Durusan lachte. „Der echte Grund für deine schlechte Laune liegt doch in deiner Scheu vor Bewegung und in deiner Vorliebe für Pizza."

Władysław war mindestens einmal in der Woche zu Gast in einem Ristorante und legte selbst die kleinsten Strecken niemals zu Fuß zurück. Er richtete leidenschaftlich gerne Motorräder her und fuhr eine hochglanzpolierte Harley Davidson, die er einmal als Schrottmaschine gekauft hatte.

„Sollen wir uns da drinnen wirklich an den Geräten abplagen? Heute, am 30. April, wo alle Welt in den Mai tanzt? Je länger ich es mir überlege, umso klarer wird mir, dass das ein Blödsinn ist."

„Du weißt, dass dich keiner zwingt."

„Ich habe da eine bessere Idee, lass uns rauskriegen, was an so einer Walpurgisnacht dran ist. Wir könnten doch zur Heidelberger Thingstätte gehen. Ich habe davon schon so viel gehört. Mensch, lass uns aufbrechen."

„Sind denn da nicht nur Verrückte?"

„Mensch, wir werden sehen!"

Wie so oft ließ sich Durusan überreden, mit seinem Auto zu fahren, damit Władysław etwas trinken konnte. Władysław hatte scheinbar zufällig bereits eine Flasche Wodka im Rucksack. Bei Durusan lag wie immer die Wasserpfeife, die Shisha, im Kofferraum seines alten Mercedes. Auf dem Weg holten sie an einer Tankstelle einen Kanister Mineralwasser.

Nun fuhren sie nach Heidelberg-Handschuhsheim. In den engen Gassen fanden sie noch einen Parkplatz. Durusan schleppte seine fünf Liter Wasser auf den Heiligenberg. Gutgelaunt gelangten sie zusammen mit einem Völkchen aus Trommlern, Feuerspuckern, Kiffern, Punks und mittelalterlichen Barden zur Freilichtbühne des monumentalen Amphitheaters. Sie schauten hinauf zum Zuschauerrund. Auf den Rängen hatten sich unüberschaubar viele junge Leute zu jener Party versammelt, die vom Magistrat der Stadt Heidelberg alljährlich erfolglos verboten wurde. Eingehüllt in den Duft der frühlingswarmen Nacht sowie anderer Gerüche, wie Bierwolken und Haschischschwaden, feierten und tanzten alle, viele grillten sogar.

Eine junge Frau, mit der sie auf dem Weg ins Gespräch gekommen waren, erklärte ihnen, dass ein paar Meter neben dieser ehemaligen Nazi-Arena seit keltischen Zeiten das *Heidenloch* zweihundert Meter tief in den Berg hinabreiche, und dass auch der Philosophenweg nicht weit sei. Auf der Bühne verabschiedete sie sich, sprang über die Steinstufen hinauf und tauchte in der bunten Menschenmenge unter. Durusan, der mit den Augen ihrem Weg folgte, suchte zugleich die Umgebung auf Gesichter ab. Ihm fiel etwa zehn Stufen entfernt eine andere Frau auf, die er irgendwoher zu kennen glaubte.

Beim Sprung über ein Hexenfeuerchen geriet der lange Rock dieser Frau in die Flammen. Zufällig hatte Durusan seinen Wasserkanister gerade aufgeschraubt. Er rannte los, sprang die kniehohen Steinstufen hinauf und goss schwungvoll sein Mineralwasser über den brennenden Rock. Die junge Frau, die zum Glück geringelte Baumwollstrümpfe trug und keine brandgefährlichen Polyamid-Strumpfhosen, war unverletzt geblieben. Durusan bestand darauf, sie zu kennen, und es stellte sich heraus, dass sie die Sekretärin ihres Bereichsleiters war.

„Silke", Władysław holte seinen polnischen Wodka aus der Tasche. „Ich bringe einen Toast auf den glimpflichen

Verlauf des Unglücks aus." Er gab die Flasche in die Runde.

„Für diese Rettung gibt es eine Belohnung", rief die junge Frau aufgeregt. Sie war soeben noch der uralten Angst vor dem Feuer ausgesetzt gewesen, jetzt gab sie Durusan erleichtert mehrere Küsse, davon auch einen auf den Mund. Ihr Freund sah mürrisch zu.

„He du, wenn du etwas von meiner Frau willst, gibt es was aufs Maul."

Durusan sprang mit beschwichtigenden Gesten zurück.

„Immer mit der Ruhe."

Silke gab nun auch ihrem aufgebrachten Freund einen innigen Kuss und schaute ihn lange forschend an.

„Glücklicherweise war das Fässchen Bier noch zu, als mein Rock brannte. Ein Guss Mineralwasser war doch besser als einer mit deinem Bier", sagte sie schalkhaft.

„Aber du fängst mir ja nichts an mit diesem türkischen Latino!", er deutete auf Durusan und grinste unsicher.

„Du weißt es doch, ich liebe nur dich", erwiderte sie treuherzig.

Gerne wäre Durusan weggegangen, denn er hatte keine Lust auf Streit mit einem eifersüchtigen Mann. Doch Władysław lachte belustigt in Silkes Richtung und schlug Wurzeln. Er setzte seinen Rucksack ab und hatte offensichtlich überhaupt kein Gespür für die Situation, denn er bot Silkes Freund an, das Fünf-Liter Fässchen Eichbaumbier zusammen mit ihm anzustechen. Der Mann ging erstaunlicherweise sofort darauf ein und holte etwas aus seiner Tasche, das Durusan als eine seltsame Art von Wasserhahn ansah. In Durusans Augen schien das Öffnen dieses Blechfässchens keine einfache Sache zu werden, denn die beiden diskutierten, wie es am besten anzustellen sei, damit kein Bier verloren ginge. Die polnisch-deutschen Kenntnisse reichten letztlich aus, um den Hahn an der richtigen Stelle in das Fass zu schlagen. Der Schaum spritzte kräftig, und es fehlte nicht viel, und Silke hätte doch noch ihre Bierdusche abbekommen. Beide Biertrinker sprachen beinahe eine geschlagene

Stunde über die polnische Braukunst und das Wodkabrennen. Ein unerschöpfliches Thema, das Durusan so unergiebig und langweilig fand, als wären sie dabei, Władysławs Motorrad zu reparieren.

Silke hing ihrem Freund im Arm und flirtete mit Władysław, wobei ihr Lächeln hin und wieder in ein leichtes Grinsen überging. Durusan hoffte, dass die Zeit für die Wasserpfeife in seinem Rucksack auch noch käme. Er hatte besten Tabak mit Karamell-Geschmack dabei. Als dessen Rauchschwaden schließlich in die Lüfte stiegen, erklärte Silke, dass sie im bevorstehenden Mai heiraten würden und ihr Freund dann von Stuttgart nach Mannheim ziehe. In der ausgelassenen Fröhlichkeit dieses Gesprächs lud die Sekretärin Władysław und Durusan zu ihrer Hochzeit ein.

Sie zwinkerte: „So von Benzler zu Benzler."

Ihr Freund war darüber nicht sehr begeistert.

Durusan, Władysław und Silke tanzten umeinander.

Schließlich bewegte sich auch ihr Freund ein wenig zum Rhythmus der benachbarten Trommlertruppe. Vier schwarz gekleidete Anarchos mit bunten Frisuren schlugen mit steifen Händen auf ihre Djemben.

Silkes Hochzeitstag war zwei Wochen später.

Die Freunde waren noch nie auf einer deutschen Hochzeit gewesen. Sie wussten nicht, was sie erwartete, obwohl sie sich unter deutschen Bekannten umgehört hatten. Die Auskünfte waren verwirrend bis widersprüchlich. Es mochte jedoch wenig schaden, sich so elegant wie möglich herauszuputzen, denn man könnte ja einem tollen Mädchen begegnen. Also gingen beide zum Friseur und holten ihre feinen Anzüge heraus, wie man es in der Türkei, jedoch auch in Polen von einem Hochzeitsgast erwartet.

Die Braut war von ihren schicken Hochzeitsgästen begeistert, als sie ihr nach der Trauung auf dem Platz vor der Neuostheimer Kirche mit eleganter Geste einen Strauß rosa Rosen überreichten. Die Braut teilte ihre beiden Arbeitskollegen daraufhin sogleich für die Hochzeitsspiele ein.

Durusan und Władysław mussten einen Holzbalken auf seinem Gestell so lange festhalten, bis das Brautpaar ihn mit einer Bundsäge durchtrennt hatte. Sie hoben ein weißes Betttuch in die Höhe, damit Braut und Bräutigam das rote Herz in der Mitte mit einer Schere ausschneiden konnten. Die übermütige Braut bestand auch darauf, mit beiden im Herzfenster fotografiert zu werden. Der Bräutigam, der währenddessen die Blumensträuße halten musste, machte notgedrungen eine gute Miene. Władysław und Durusan konnten kaum das Ende dieser seltsamen Hochzeitsarbeiten abwarten.

Man feierte an einem langen Tisch auf der Terrasse von Silkes Elternhaus. Das Haus stammte aus den 1920er Jahren, seine Terrasse blickte auf einen tiefen Garten, zu dem eine lange Steintreppe hinab führte. Nach dem Kaffeetrinken fing es zu gewittern an, und die Gäste flüchteten ins Haus. Die Männer, allen voran der Bräutigam, trugen rasch die Tische und Stühle hinein. Die Braut sah in dem Chaos die Chance zu ihrer Entführung. Sie lief die Treppe hinunter und machte Władysław schöne Augen: „Wie wäre es mit einer Brautentführung? Das wäre doch etwas für dich und Durusan oder nicht?"

„Ich lasse mich gerne von dir entführen", sagte Władysław, als er ihr zum Gartentürchen folgte. Er meinte das genauso, denn er kannte den Brauch der Brautentführung nicht.

Unter Blitz und Donner waren die drei froh, es bis in die nächste Gaststätte geschafft zu haben. Hier nun klärte sich der Irrtum auf: Es war nicht die Braut, die ihre Gäste entführt hatte, sondern es war umgekehrt. Władysław lachte herzhaft, konnte sich vor Vergnügen gar nicht beruhigen und begann anzüglich mit der entführten Braut zu tanzen. Dagegen war Durusan um die Nase blass geworden, auch wenn der Gastwirt gutgelaunt beteuerte, es bestünde keinerlei Anlass zur Sorge. Durusan malte sich in Gedanken lebhaft aus, wie der zornige Ehemann in einem Hinterzimmer dieses Lokals auf einen Entführer traf, der gerade dabei war, ihm ein Kuckucksei zu legen. So sehr es Durusan schmeichelte, dass die hübsche Braut ausgerechnet von ihnen beiden entführt sein wollte, verzog er sich sicherheitshalber aufs Klo, als der Wolkenbruch aufhörte. Von dort aus hörte er, wie Władysław mit dem Bräutigam zusammentraf. Der war mit einem Gefolge männlicher Hochzeitsgäste lautstark in die Kneipe gestampft. Unter dem Gejohle der Gäste tanzte nun er mit der Braut. Dann schnappte er seine ausgeflogene Liebste und zog sie auf die Straße.

Erst als die Luft rein war, kam Durusan wieder in die Gaststube.

Władysław war sauer: „Da bist du endlich! Die haben alle einen Schnaps gekippt und sind dann wieder schleunigst abgehauen. Anscheinend müssen wir die Zeche zahlen!"

„Wenn das alles ist, mein Kumpel, dann sind wir doch glimpflich davongekommen, oder?"

Die Schwäbische Hochzeitssuppe hatten die beiden schon verpasst, als sie wieder bei der Feier eintrafen.

Władysław bedauerte: „Ich hätte vor allem die Markklößchen gerne einmal probiert. Die sollen so lecker sein!"

Durusan lachte: „Bist du sicher, wovon du redest? Eine *Schwäbische* Hochzeitssuppe? Silke heiratet zwar einen Schwaben, doch meinst du wirklich, die kochen *hier* so einfach eine Schwäbische Hochzeitssuppe?"

„Auf der Menükarte steht ‚Schwäbisch', mit selbstgemachten Markklößchen nach Art der Hausfrau", insistierte Władysław leise und blickte finster um sich. „Wir fragen besser keinen, warum es diese Suppe gibt. Du weißt doch, wie es einem so geht, als Ahnungsloser zwischen Kurpfälzern, Badenern und Schwaben. Da setzt man sich mit so einer Frage leicht in die Nesseln."

Die Servierdame kam, und Władysław strahlte sie an:

„Könnte ich vielleicht noch ein klein bisschen Suppe haben? Ich esse sie so gerne", schwindelte er.

„Suppe ist noch da, nur die Klößchen sind alle."

„Schade."

„Dann kann ich ihre ungebrauchten Suppenteller bitte abräumen?" Die Frau hob Władysławs und Durusans Teller hoch und wollte sie samt Löffeln wegbringen. Doch eine Tischnachbarin, eine aufgedonnerte Frau mit schwäbischem Akzent, die neben Władysław saß, hielt die Löffel zurück: „Diese zwei Löffel brauchen wir noch! Ihr gestattet, dass ich sie an mich nehme."

Nach dem Abendessen stellte sich heraus, wofür die Löffel gut waren: Für ein Gesellschaftsspiel. Die aufgeregte Dame erklärte der Hochzeitsgesellschaft mit Händen und Füßen, wie das Löffelspiel ging. Durusan musste stillhalten, damit sie die Löffel, die mit einer langen Schnur aneinander gebunden waren, durch seine Kleidung fädeln konnte. Ehe Durusan sich versah, stand er neben dem Bräutigam im Mittelpunkt des Spiels. Um die jungen Männer bildeten sich zwei Frauenmannschaften. Zu Durusans Leidwesen traten in seiner Gruppe nur ältere Frauen an. Das war kein Wunder, weil auf dieser Hochzeit überhaupt nur eine Einzige jung schien, nämlich die Braut. Jedenfalls kreischten die Frauen begeistert und stellten sich dumm an, um bei dem durchtrainierten Durusan möglichst lange die Löffel an seinem Waschbrettbauch vorbeizufädeln, obwohl sie so das Spiel als Mannschaft verloren und die Truppe des Bräutigams haushoch gewann.

Das Gefummel und Gewitzel verdarb Durusan den Geschmack an dieser Hochzeit. Als die Runde zu Ende war, beschwerte er sich bei Władysław: „Kumpel, die führen sich auf wie im Kindergarten."

„Nein, mein Freund, die führen sich auf wie bei den Chippendales."

Durusan fuhr mit einer frechen Handbewegung über Władysławs Bäuchlein: „Und du hast wirklich keine Lust, wenigstens ein einziges Mal den Chippendale zu geben?"

„Komm, wir verschwinden, bevor sie mir auch noch zu Leibe rücken. Ich mache das nicht mit."

Als sie kurze Zeit später in ihren feinen Anzügen wie zwei Reklamefiguren in einem Werbespot durch die Innenstadtquadrate schlenderten, war der Abend noch nicht alt. Sie gingen zum Wasserturm, setzten sich auf eine Parkbank und betrachteten die großartigen Wasserspiele, die mit ihren auf- und absteigenden Fontänen von unten bunt angestrahlt wurden. Viele Leute waren noch unterwegs.

„Wie findest du die deutschen Hochzeitsbräuche?", fragte Durusan.

„Die Brautentführung ist cool, ohne Zweifel. Aber dieses Hochzeitslöffelspiel ist ein Blödsinn."

„Ich finde beides seltsam."

„Vielleicht ist das Löffelspiel eine Strafe für Leute, die bei einer Brautentführung auf dem Klo sitzen?", frotzelte Władysław.

„Meinst du?", fragte Durusan, ohne bei der Sache zu sein. Nach einem Weilchen sagte er: „Bei einer türkischen Hochzeit spielt die Brautsuppe eine Rolle. Sie wird allein von den Brautleuten gegessen, direkt vor der Schleiernacht. Du verstehst?"

„Ja, ich verstehe. Zuerst die Stärkung mit Kraftbrühe und hinterher so ein großes, blutrotes Jungfrauen-Herz auf dem Betttuch."

„Oder auch keines", grinste Durusan.

„Oder auch keines", gab Władysław zurück.

Sie beobachteten das Sprühen und Rauschen des Wassers in dieser schwülen Mai-Nacht. Jeder hing seinen Gedanken nach. Doch allmählich wurden sie wieder gesprächig. Bei der nächsten Tagschicht wollten sie erkunden, wo das Sekretariat ihres Bereichsleiters lag, um Silke, die junge Ehefrau, die es so gut mit ihnen meinte, zu besuchen.

Sie erhoben sich von ihrer Bank und schlenderten in Richtung Maritim Hotel. Vor ihnen ragte die mondäne Fassade des Gebäudes auf. Wie ein weltstädtisches Kasino lockte es mit internationalen Fahnen, die oberhalb des Eingangs auf dem von Säulen getragenen Vorbau angebracht waren.

Sie fanden, die Bar des Maritims dränge sich angesichts ihres vornehmen Aufzugs heute Abend als urbanes Erkundungsziel geradezu auf.

Beim Eintreten in den mit hellem und rotbraunem Naturstein im Schachbrettmuster gefliesten Vorraum fühlten sie sich fremd wie auf einem anderen Kontinent. Sie bogen sogleich nach links ab zur freundlichen Bar. Der hohe Raum nahm sie auf. Die abgetönten Spiegel an der Wand und die barocke Glasvitrine aus dunklem Holz beeindruckten sie. Die Gäste waren ins Zeitungslesen vertieft oder studierten Geschäftspapiere. Paare flüsterten leise miteinander, was zu der gedämpften Musik passte. Keiner schien sie zu beachten. Doch die junge Barkeeperin hatte schon von Anfang an ihre Aufmerksamkeit auf die neuen Gäste gerichtet, die durch ihre erstaunten Blicke verrieten, dass sie zum ersten Mal hier waren.

Beide setzten sich zögernd an die Theke.

Die junge Frau wischte den polierten Marmor vor ihnen überflüssigerweise mit einem Tuch ab. Dann wedelte sie kokett damit und wendete sich lächelnd von ihnen ab. Den schelmisch lächelnden, blonden Mann fand sie schon beim Hereinkommen auf Anhieb sympathisch. Das war kein Geschäftsmann oder Beratertyp, der drüben im Kongresszentrum die Tagung besuchte. Warum die beiden Jungs wohl hier waren?

Władysław betrachtete die luxuriöse Umgebung nun entspannt und fühlte sich behaglich, denn egal wohin er auch kam, er glaubte sich stets am rechten Ort, wenn eine schöne Frau in der Nähe war. Er fragte Durusan, was er sich bestellen möchte, doch Durusan hörte ihm nicht zu, sondern war rot wie ein Hummer geworden. Władysław sah in die Richtung, in die Durusan blickte, und verstand. Sein Freund hatte ebenfalls ein Auge auf die hübsche Barkeeperin geworfen. Das Mädchen schüttelte gerade einen Shaker, und ihr blonder Haarschopf bewegte sich reizvoll im seidenmatten Licht der vielen Tischleuchten.

16

„Ich nehme das gleiche wie du", antwortete Durusan.

„Ich verstehe, du würdest am liebsten die Barkeeperin nehmen!", scherzte Władysław. Doch als Antwort traf ihn Durusans Ellenbogen und brachte ihn zum Schweigen. Dem Mädchen bereitete es Vergnügen, die Jungs aus den Augenwinkeln zu beobachten. Beide waren offensichtlich Freunde, die sich gut verstanden. Sie grüßten jetzt gleichzeitig zu ihr herüber, um zu bestellen. Magdalena ging zu ihnen, dabei kam ihr der blonde Junge nun sehr vertraut vor. Sie konnte sich jedoch nicht erklären, warum sie eine Gänsehaut überlief. Schließlich hatte sie eine Ahnung. Ohne weiter nachzudenken sprach sie ihn an: „Cześć. Nazywam się Magdalena."

Władysław war perplex: „Cześć. Co słychać. Nazywam się Władysław."

Magdalena lachte nun auch Durusan an: „Przepraszam. Ich weiß selbst nicht, warum ich plötzlich Polnisch rede, als hätte ich es Władysław an der Nase angesehen."

Durusan war so in ihren Anblick vertieft, dass er gar nicht mitbekommen hatte, wie sie polnisch sprach. Er reichte ihr umständlich die Hand über den Tresen und lächelte voller Seligkeit blöd: „Magdalena, ich bin *Ich*."

Magdalena nahm höflich Durusans Hand an, wobei sie grinsen musste. Er schien einfältig zu sein, jedoch blieb sie freundlich. Er war schließlich der Begleiter von Władysław. Mit einem Seufzer drehte sie sich nach dieser seltsamen Begrüßung gleich wieder zu Władysław, und dabei verrutsche ihr das enge, schwarze Jäckchen, das sie über ihrer weißen Bluse trug. So wurden die beiden Jungs unvermittelt ihrer großen Brüste ansichtig, die in der Bluse spannten.

„Na, du, was darf es denn sein?", sprach sie den Landsmann wieder an.

Nachdem beide ihre Getränke hatten, konnte Magdalena kaum noch Zeit für sie erübrigen, denn die Bar war an diesem Abend gut besucht, und es gab viel zu tun. Die Freunde fanden darum keine Gelegenheit, sich mit Magdalena ausgiebig zu unterhalten. Sie begnügten sich damit, das geschickte Hantieren der Barkeeperin zu bewundern, das Auspressen von Zitronen und Limetten, das Öffnen und Verschließen der Flaschen, das Dekorieren der Gläser mit Früchten. Und immer, wenn sie verführerisch die Schultern bewegte, war sich jeder der beiden Freunde sicher, dass diese Geste nur ihm galt. Doch die Wahrheit kam ans Licht, als die beiden gehen mussten, weil die Bar schloss, denn Magdalena steckte einen Zettel mit ihrer Telefonnummer Władysław in die Brusttasche seines Jacketts, aus der auch noch das feine Seidentuch hervorlugte.

Die beiden jungen Männer traten aus dem Hotel und standen wieder auf dem nächtlichen Friedrichsplatz. Der gelbe Pfälzer Sandstein des Wasserturms glühte im Scheinwerferlicht unter einem schwarzen Nachthimmel. Nach einem flüchtigen Blick darauf wandten sie sich zur Innenstadt. Auf den Planken, der wichtigsten Fußgängerzone in Mannheim, schlenderten sie bis zum Paradeplatz, wo Władysławs Harley stand. Sie kamen an verschiedenen Juweliergeschäften vorbei. Armbanduhren, Colliers, Ohrringe und nicht zuletzt auch Trauringe glänzten in der hellen Nachtbeleuchtung. Das Gold stach Durusan in die Augen und erinnerte ihn an den traditionellen türkischen Hochzeitsschmuck. Ohne so recht zu wissen warum, fing Durusan mit Władysław ein ernstes Gespräch an: „Sag mal, Władysław, wir können doch über alles reden, auch über unangenehme Dinge?"

Der Gefragte pflichtete Durusan ein wenig stutzig bei. Durusan fuhr freundlich fort: „Dann, Kumpel, sage mir doch bitte, ob du wirklich in Magdalena verliebt bist und ihre Telefonnummer verdient hast."

„So richtig verliebt bin ich nicht, doch ich werde sie anrufen, schließlich hat sie mir ihre Telefonnummer gegeben."

„Ich kann dir nur sagen, seit heute bin ich ein anderer. Denke einmal nach, Kumpel. Ich möchte später mal mit Frau und Kind in einer schönen Wohnung leben. Du doch auch, oder nicht? Wir müssen irgendwann anfangen, solide zu werden. Ich kann mir vorstellen, zusammen mit Magdalena solide zu werden. Du anscheinend nicht. Ich kann darum nicht zusehen, wie du dieses wunderbare Mädchen vor meinen Augen unglücklich machst."

Władysław sah ihn überrascht an: „Durusan, mein Freund, ich kann es nicht fassen, dich hat es wohl erwischt? Weißt du, was du da von mir verlangst? Du kannst dir doch vorstellen, welche Phantasien in mir herumgehen, wenn ich an die Telefonnummer in meiner Tasche denke."

„Władysław, mein Kumpel, ich kann mir sogar vorstellen, dass Magdalena sich mit dir abgeben wird, weil die Unglückliche dir schließlich ihre Telefonnummer zugesteckt hat. Aber überlege mal. Ist dir ein Kumpel lieb, der nichts mehr von dir wissen will, weil er auf dieselbe Frau scharf ist wie du?"

Władysław rang mit sich. Am Paradeplatz sah er lange auf den Brunnen mit den bronzenen Figuren und Figürchen. Er legte schließlich die Hand auf Durusans Unterarm und sagte ruhig: „Ich will deinem Glück nicht im Wege stehen. Ich werde Magdalena anlocken. Ich verspreche dir, dass du dabei sein kannst, wenn ich sie treffe. Damit bekommt ihr eure Chance, und du kannst hoffentlich glücklich werden."

Sie saßen noch ein bisschen am begrünten Paradeplatz, der ein wenig im Dunkeln lag, und schauten schweigend auf das plätschernde Wasser im Grupello-Brunnen. Dabei aßen sie ein Eis, das sie beim Fontanella geholt hatten, kurz bevor der Laden schloss. Dann stiegen sie auf das Motorrad und fuhren langsam auf der Kunststraße davon.

MÄNNERFREUNDSCHAFT / Władysław erwies sich in diesen außergewöhnlich heißen Frühlingswochen als echter Freund. Er organisierte einen Tagesausflug in den Holiday-Park nach Hassloch. Dort spielte er Magdalena einen Streich nach dem anderen, um sich bei ihr unmöglich zu machen.

Denn der Plan der Freunde war, dass Magdalena die Vorzüge des besonnenen Durusan schätzen lernen sollte und sich von einem tollen und sehr leichtsinnigen Władysław abschrecken ließ.

Władysław zerrte sie in die Höhen-Achterbahn und auf das Höhenkettenkarussell. Sie musste mit ihm vom Freefall-Tower senkrecht in die Tiefe stürzen. Er ließ keine Widerrede gelten. Ihr war schon ganz schummrig, da traf sie auf der Wildwasserbahn auch noch ein Schwall Brackwasser. Ihr schickes Kleid mit den schmalen Trägern und den großen Blumen klebte als ein nasser Lappen an ihren Beinen. Magdalena wurde zum ersten Mal herzhaft böse. Zur Versöhnung stellte ihr Władysław in Aussicht, sie in der Geisterbahn unablässig zu küssen. Doch sie fuhren dreimal, ohne dass sie auch nur ein Küsschen von ihm ergattert hätte. Magdalenas Liebe schien unerschütterlich. An diesem Tag war Durusan Luft für sie, er störte nur.

Bereits am Tag darauf setzten die beiden Freunde ihre Streiche auf der Maulbeerinsel fort. Wegen des großen Erfolges, den das nasse Kleid hervorgerufen hatte, spritzte Władysław Magdalena wieder nass, dieses Mal mit Neckarwasser, denn er hatte eine leere Konservenbüchse unterwegs aufgelesen. Obwohl seine Augen streitlustig glitzerten, hängte sich Magdalena immer wieder bei ihm ein, sobald die Dose leer war und somit die Gefahr vorüber schien. Sie war selig an seinem Arm. Władysław und Durusan sahen einander betreten an, wohl wissend, ihnen stand noch ein langer Weg an Überzeugungsarbeit bevor. Sogleich füllte Władysław die Büchse im Neckar wieder auf und rannte damit in Richtung Schleuse, um Magdalena dort abzupassen. Durusan rannte hinterher. In der glühenden Sonne standen die zwei über den Schleusentoren einander gegenüber wie Helden. Jetzt wollte sich Durusan endlich vor Magdalena hervortun. Er inszenierte mit Władysław einen Kampf und schleuderte die volle Dose weit in das Schleusenbecken.

Doch Magdalena war sauer über seine Heldentat. „Durusan, ich hoffe, es macht dir nicht so viel aus, wenn du dich nicht mehr weiter einmischst?", fauchte sie.

Eine Woche später traf man sich auf der Kartbahn in Neckarau zu einem Amateur-Preisrennen, das von dem Betreiber ausgerichtet wurde. Als Władysław schließlich als bester Fahrer auf dem Siegertreppchen den Korken knallen ließ, zielte er mit dem Sekt natürlich im hohen Bogen auf Magdalena. Durusan entriss ihm den Sekt und spritzte ihn selber nass, bis die Flasche leer war. Leider fand Magdalena erneut einen Grund zu schmollen, denn sie fühlte sich nicht mit einbezogen: „Durusan und Władysław, was habt ihr nur dauernd miteinander? Seid ihr etwa schwul?"

Am Samstag darauf trafen sich die Drei auf dem Lindenhof. Sie bestaunten die historischen Lanz-Bulldogs, die beim Jubiläums-Umzug auf dem ausgedehnten Fabrikgelände von John Deere an ihnen vorbeituckerten. Am Himmel braute sich ein Unwetter zusammen, und es begann in Strömen zu gießen. Magdalena spannte ihren Regenschirm auf, doch er nutzte ihr nichts, denn Władysław entriss ihr den Schirm und schüttelte die Tropfen über ihr aus. Magdalena platzte der Kragen: „Hör' endlich mit dem Kinderkram auf. Bin ich denn ein kleines Mädchen?"

„Das ist doch so Brauch in Polen! Verstehst du keinen Spaß?", lachte Władysław unverschämt mit Kinderstimme.

„Ja, ja, ich verstehe schon, du bist ein böser Junge!"

Sie stapfte im Regen davon und ließ beide Männer unter ihrem Regenschirm erst einmal stehen. Nach ein paar Metern höhnte sie durch den Regen zurück: „Ab sofort ist kein Ostermontag mehr."

Władysław lachte immer noch, aber ein bisschen verlegen.

Durusan, der sich mit den christlichen Feiertagen nicht so gut auskannte, erkundigte sich vorsichtig: „Spritzt der Osterhase die Kinder in Polen etwa nass, wenn er die Eier bringt?"

„Oh nein, mein lieber Freund", witzelte Władysław nachdenklich. „An Ostermontag spritzen die kleinen Jungs die Mädchen nass. Es gibt da diese uralte Tradition in Polen, um kleine Mädchen zu ärgern." Durusan brauchte sich keine große Mühe zu geben, um das Zweideutige dieses Brauches zu erkennen, er lachte. Władysław legte daraufhin seinen Arm um Durusans Taille und knuffte ihn albern in den Po.

Magdalena beobachtete, wie Władysław seinem Freund Durusan unter ihrem Regenschirm nahe kam. Sie hatte den Knuff gesehen. Die beiden tuschelten, kicherten und glucksten vor Vergnügen. Sie verstand und – lief vor Ärger rot an: Władysław liebte gar keine Frauen sondern war schwul. Gewiss waren die beiden ineinander verliebt. Warum sonst schleppte Władysław diesen Durusan immer mit? Deshalb versuchte Władysław sie also immer zu demütigen: Er hasste Frauen. Magdalena war verwirrt. Sie wollte Władysław zur Rede stellen, doch sie wusste nicht wie.

Der nächste Ausflug ging für sie gleich völlig unmöglich los: Władysław erlaubte sich die Frechheit, sie von diesem Durusan abholen zu lassen. Sie stieg widerstrebend in den Mercedes anstatt sich mit Helm auf der funkelnden Harley an Władysławs Rücken anzuschmiegen. Durusan nahm sich unangenehm viel Zeit. Anstatt auf die Autobahn zu fahren, gondelten sie über Schwetzingen in die Heidelberger Altstadt an den Neckar. Heute stand das gläserne, solarbetriebene Ausflugsschiff auf dem Programm.

Aufgebracht wie sie war, folgte Magdalena unterwegs einer Eingebung, ohne groß über die Konsequenzen nachzudenken: „Durusan, es liegt mir am Herzen, dich etwas zu fragen. Meine Eltern haben mich streng katholisch erzogen. Doch ich weiß in der Welt Bescheid."

Durusan horchte bei dieser Einleitung auf.

„Es fällt mir schwer, so offen zu reden."

Durusan war ohnehin wegen der bloßen Anwesenheit Magdalenas schon entsetzlich aufgeregt. Ganz besonders, weil ihn Magdalena ständig von oben bis unten kritisch musterte. Bisher hatte er noch kein Wort hervorgebracht. In seinen Ohren klang diese Einleitung Hoffnung weckend. Er legte sich bereits die Antwort zurecht, er sei ein sehr toleranter Muslim.

Magdalena forschte in seinem Gesicht, nachdem sie missmutig festgestellt hatte, dass sich Durusan durchaus geschmackvoll kleidete. Wie er sie so verständnisvoll anlächelte, fand sie, dass er in seinen engen Jeans und dem faltenfrei gebügelten Hemd ein ansehnlicher Kerl war und Władysław, wenn es denn so sein sollte, einen guten Geschmack für Männer hätte. Sie zog den Mund zusammen und gab sich einen Ruck: „Ist Władysław wirklich hetero?"

Durusan riss die Augen weit auf. Was wollte sie mit dieser Frage andeuten? Nach einer Sekunde schrecklicher Zweifel gegenüber Władysławs Gesinnung fing er sich wieder: „Wie kommst du denn darauf? Er ist ein prima Kumpel. Und wenn du schon so fragst, *ich* bin jedenfalls außerordentlich hetero."

„Natürlich treibt ihr Schabernack mit mir", protestierte Magdalena. „Worauf wollt ihr Halunken hinaus?"

Durusan schwieg ausdauernd.

Sie kamen in der Heidelberger Altstadt an, wo Władysław neben der abgestellten Harley schon am Neckarkai in der Sonne wartete.

Die Drei bestiegen das Schiff, das sogleich lautlos ablegte. Auch die Freunde waren zunächst nicht gesprächig. Unter dem gläsernen Rundgewölbe des still dahin gleitenden Schiffs verlor dann Magdalena ihre Beherrschung, als Władysław mit einem treuherzigen Blick auf Durusan anfing, ein Fläschchen kohlesäurehaltiges Mineralwasser zu schütteln. Sofort beschimpfte sie Władysław auf Polnisch. Er hielt dagegen, und so setzten sie die amerikanischen und japanischen Touristen, die ihre Köpfe nach ihnen umdrehten, ihrem lauten Disput aus. Der Streit des polnischen Pärchens zog sich hin, und beide schenkten dem Schloss, den Altstadtvillen und der malerische Karlsbrücke keinen einzigen Blick.

Durusan war besorgt, denn Władysław wehrte sich nur einsilbig, so dass er seine Abwiegelungen als bockig und flau verstand. War sein Freund da nicht ein bisschen zu maulfaul? Er selbst hätte jedenfalls alle Register gezogen, die die türkische Sprache hergibt. Durusan konnte die Fahrt durch das enge Neckartal mit seinen saftgrünen Frühlingswäldern nicht mehr genießen.

Die Japaner und Amerikaner überhörten missbilligend die Streiterei des Pärchens. Durusan duckte sich, weil es ihm peinlich war, zu ihnen zu gehören.

Was, wenn sich Magdalena nun so sehr über Władysław ärgerte, dass sie ihm davonlief? Dann würde er Magdalena nie mehr wiedersehen. Ihm wurde melancholisch zumute. Das Schiff glitt in seiner fremdartigen Lautlosigkeit unter dem blauen Urlaubshimmel dahin, und er fand sich in seine Kindheit hineinversetzt, in eine endlos lange, sonntägliche Koranstunde. Ihm rutschte ein Stoßgebet heraus. Er bat Allah leidenschaftlich, dieser möge seinen Segen über der Polin ausschütten, damit sie doch noch zu ihm fände. Aber die Chancen standen schlecht. Auf seiner einsamen Sprachinsel schien ihm ihre kristallklare Glockenstimme, die auf Władysław unermüdlich einredete, die Oberhand zu gewinnen, während seinem Freund, mit jedem brummelnden Widerwort, die Felle weiter davonzuschwimmen schienen.

Nachdem das gläserne Boot am Neckarkai angelegt hatte, fuhr Władysław ohne weitere Erklärungen Magdalena auf seinem Motorrad nach Mannheim ins Maritim zur Arbeit. Durusan folgte ihnen so schnell es ging, denn er musste erst noch zum weit entfernt geparkten Auto laufen.

Die Freunde trafen sich am Wasserturm bei den Fontänen und Wasserspielen. Sie überquerten die Straße und fanden im vollbesetzten Cafe Flo noch zwei Sitzplätze unter den Arkaden mit Blick auf den Park. Durusan lenkte ohne Umschweife das Gespräch auf den Disput: „Magdalena hat dich ganz schön fertig gemacht. Von dir habe ich immer nur ein dummes Brummen gehört. "

Władysław hob besserwisserisch die Augenbrauen, er ließ den ungeduldigen Durusan noch ein Weilchen zappeln. Endlich holte er genüsslich aus: „Magdalena will am nächsten Wochenende ihren Namenstag feiern, mit mir allein zuhause! Sie will etwas Gutes kochen. Ich soll jedoch nur kommen, wenn ich es ernst mit ihr meine. Sie will ihren Namenstag nicht mit Hinz und Kunz feiern. Ihre Eltern fahren morgen nach Polen, deshalb hat sie sturmfreie Bude."

Władysław hielt bedeutungsvoll inne. Beide wussten, wenn Eltern ins Heimatland fuhren, und man hier bleiben durfte, war das immer eine Gelegenheit, aus der man etwas machen musste.

„Die Familie drängt, dass Magdalena sich endlich einen Ehemann sucht", fuhr Władysław fort. „Ihre ältere Schwester hat schon vor einer Weile geheiratet." Wieder spannte er Durusan auf die Folter, indem er überflüssigerweise fragte: „Du weißt, was das für mich bedeuten könnte?"

Durusan überhörte die Frage.

„Und was hast du ihr geantwortet?" Er wurde hitzig, weil Magdalena offensichtlich wirklich wissen wollte, woran sie mit Władysław war.

„Ich war ganz diplomatisch", seufzte Władysław scheinbar selbstquälerisch und betrachtete einen vorbeifahrenden Jaguar mit leidendem Gesicht. „Ich habe ihr eingeschärft, wer am nächsten Samstag zu ihrem Namenstag käme, würde es sehr ernst mit ihr meinen. Du kannst dir denken, wen ich damit gemeint habe." Er sah in Durusans Gesicht, das sich aufhellte.

„Władysław, du bist ein richtiger Kumpel, dafür muss ich dich küssen."

Das tat Durusan auch. Sie erhoben sich von ihren Stühlen. Nach orientalischer Sitte küsste Durusan seinen Freund rechts und links auf die Wangen. Das Publikum im Cafe Flo registrierte diese Szene befremdet.

Danach schwieg Władysław die Wasserfontänen und den Wasserturm an und genoss feierlich seinen Triumph. Schließlich brach Durusan das Schweigen: „Das soll alles gewesen sein? Ihr habt doch die ganze Fahrt über miteinander gestritten."

Władysław presste die Lippen zusammen.

Durusan drängte: „Sag doch schon. Da war noch etwas. Warum habt ihr euch so fürchterlich in die Wolle gekriegt?"

Władysław lenkte ab, indem er erklärte, in Polen würde nicht der Geburtstag, sondern der Namenstag groß gefeiert, und es sei ein gutes Zeichen, wenn man dazu eingeladen würde.

Durusan ließ nicht zu, dass sein Freund abschweifte.

Schließlich bekannte Władysław: „Ich habe Magdalena gefragt, ob sie ihre Eltern nicht bitten könnte, mir zehn Flaschen Żubrówka Bison-Brand aus Polen mitzubringen. Das war ungeschickt. Da hat sie angefangen über die Männer zu schimpfen, die an nichts anderes als an Wodka dächten. In Polen gäbe es genug Kerle dieser Art. Sie hätte nicht nach Deutschland kommen brauchen, um sich so einen zu angeln."

Durusan unterdrückte das Lachen, worauf Władysław loslegte: „Das ist nicht zum Lachen, du gottverdammter Muslim, sie hätte mich beinahe wieder ausgeladen. Und was hättest du dann nächsten Sonntag gemacht? Ich konnte ihr doch nicht sagen: ,Magdalena, der Verehrer, der dir zum Namenstag gratuliert, rührt keinen Tropfen Alkohol an. Deshalb können mir deine Eltern unbesorgt den Wodka aus Polen mitbringen.'"

Durusan lachte schallend: „Da bin ich gespannt, wie ihr euch geeinigt habt, wenn es um deinen Wodka geht."

„Zuerst habe ich gedroht, ich würde nie mehr mit ihr ausgehen, wenn sie mich zu ihrem Namenstag wieder auslädt. Da hat sie mich höhnisch beschimpft. Dann habe ich gekämpft wie ein Löwe, der in einen Hinterhalt geraten ist." Władysław wischte ärgerlich über den Tisch. „Ich habe ihr versprochen, nicht mehr so viel zu trinken. Ich konnte ihr zum Glück auch noch klarmachen, dass der Wodka gut für ihre Karriere wäre. Ich würde ihr bei der Kreation eines neuen Cocktails auf Basis dieses speziellen Wodkas mit Rat und Tat beistehen. Sie wird nun ihren Eltern erzählen, sie bräuchte die Flaschen für ihre Arbeit im Maritim, denn wenn sie einen neuen Cocktail kreiert, dann bekäme sie eine große Anerkennung."

Durusan seufzte: „Na, dann ist ja alles gut gegangen."

„Ja", ächzte Władysław. Er deutete zur Ablenkung von diesem lästigen Gesprächsstoff auf den Rosengarten, das Kongresszentrum, einen Jugendstilbau in rotem Sandstein, vor dem viele Fahnen wehten. Władysław deutete zu den Fahnenstangen: „Hast du gesehen?"

„Was?"

„Die Fahne von Mannheim weht da und rechts und links davon die polnische und die türkische Flagge."

„Ja, so ein Zufall. Na und?" Durusan wusste nicht, warum sein Freund ihn so erwartungsvoll ansah. „Wenn die Polen einmal gegen die Türken Fußball spielen, können wir uns Fahnen besorgen, und um den Wasserturm herumziehen. Meinst du das?"

„Die Idee ist auch nicht übel, ich wollte ...", Władysław fürchtete sentimental zu werden. „Es wäre doch schön, wenn diese drei Fahnen vor dem Gebäude stünden, in dem Magdalena und du Hochzeit feiern. Ich würde sie für euch aufziehen."

„Danke", antwortete Durusan beinahe ärgerlich.

Władysław wunderte sich, warum ihm diese spröde Antwort, die eigentlich eher eine Abfuhr war, serviert wurde.

„Das sage ich nicht nur so dahin. Du kannst dich auf mich verlassen", bekräftigte er, um tiefer in die Sache vordringen zu können.

„O.k. Wenn du es nicht lassen kannst", murrte Durusan. Władysław verging die Lust, weiter zu fragen. So saßen sie wieder eine Weile da und schwiegen, nunmehr verdrossen.

Irgendwann meinte Durusan: „Vielleicht wäre es ja ein Zeichen der Verständigung."

„Was denn?"

„Diese drei Fahnen nebeneinander."

„Oh, ich hätte nicht geglaubt, dass du so lange brauchst, um das zu kapieren."

„Warum denn lange? Manches ist eben nicht so einfach wie du denkst", setzte ihm Durusan auseinander. „Das Fahnehissen gehört nur bei national eingestellten Türken zum Hochzeitsprogramm und hat für diese eine große Bedeutung. Ich will von solchen Hochzeitsbräuchen eigentlich nichts wissen."

Schließlich sagte er leise „O.k."

BARSZCZ / Als Durusan am 22. Juli, einem Samstag, auf dem Lindenhof pünktlich um drei Uhr an Magdalenas Wohnungstür klingelte, tat sich zunächst einmal gar nichts.

Magdalena lugte durch den Spion. Da stand Durusan mit ernstem Gesicht und einem Strauß Blumen. Er war nicht nur der Falsche, sondern noch dazu eine halbe Stunde zu früh, gemessen an den Höflichkeitsregeln einer polnischen Einladung. Wutschnaubend lief sie in die Küche und stellte zunächst einmal alle Herdplatten ab. Die Kerle brachten es also fertig, sie sogar an ihrem Namenstag zu verschaukeln. Durusan kam wie immer zu früh, und Władysław würde wie immer viel zu spät kommen. Nach einer dreiviertel Stunde, die sie im Bad mit Duschen, Schminken und Frisieren zugebracht hatte, stand jedoch Durusan immer noch allein vor der Tür, und Magdalena begann zu ahnen, Władysław würde sie versetzen. Sie öffnete.

Durusan begrüßte sie mit einem graziösen Küsschen auf die Wangen, als habe es diese Wartezeit überhaupt nicht gegeben: „Herzliche Glückwünsche zum Namenstag." Er überreichte ihr mit einer großen Geste die Blumen. Dann wiederholte er in schönen Abstufungen immer wieder:

„Magdalena, Magdalena, Magdalena".

Er meinte wohl, wegen dieses Festtages ihren Namen in allen möglichen Tonlagen singen zu müssen. Es war ihr peinlich, dass ihr Name im Treppenhaus hallte.

„Wo ist denn Władysław?", fragte sie vergebens ins Treppenhaus lauschend, und bat ihn herein.

„Du kennst ihn doch", Durusan suchte nach einer plausiblen Antwort. „Władysław ist leider überraschend verhindert." Mit ausgebreiteten Armen trat er auf sie zu: „Er hat mir aufgetragen, dir tausend Küsse zu geben und dir einen unvergesslichen Namenstag zu bereiten. Dazu bin ich fest entschlossen."

Magdalena wich seiner Umarmung aus.

Durusan ließ sich davon nicht entmutigen. „Magdalena, ich preise deinen heiligen Namen in den höchsten Tönen."

Magdalena verzog das Gesicht.

Vielleicht, überlegte er, sollte er doch lieber profane Komplimente machen, also über ihre Frisur staunen oder ihr Kleid bewundern? Nervös ging er darüber hinweg, dass sie so unfreundlich und verkniffen wirkte. Es war ihm schließlich klar, dass er sie zunächst einmal von ihren Gedanken an Władysław abbringen musste. Er säuselte weiter die schönsten Liebenswürdigkeiten.

Magdalena floh vor seinem Wortschwall in die Küche. Auf einer Skala für Schöntun kamen die türkischen Männer offensichtlich noch vor den Polen auf Platz eins. Und die Galanterie der deutschen Männer lag erst auf den Rängen weit, weit dahinter, befand Magdalena.

„Superschöne Ohrringe hast du heute an. Doch noch glanzvoller funkeln deine Augen", flötete er gerade, als ihn der Sauerkrautgeruch beinahe aus dem Tritt brachte.

„Hast du auch Hunger mitgebracht?", fragte sie herausfordernd, stellte die Herdplatten wieder an und führte ihn zu dem festlich geschmückten Tisch ins Esszimmer ihrer Eltern. „Es gibt Bigos mit Wildschwein, gekocht nach einem altpolnischen Jägerrezept", verkündete sie ihm schadenfroh.

„Und davor gibt es Barszcz."

„Was ist Barszcz?", fragte er kleinlaut geworden.

„Eine Rote-Beete-Suppe mit ordentlich Speck."

„Mmh, beides schmeckt bestimmt sehr lecker", Durusan verzog keine Miene. „Was gibt es denn sonst noch Gutes?"

Sie ignorierte diese Frage und meinte: „Mein liebster Durusan, du musst bedenken, dass auf der ganzen Welt wir Polen den höchsten Fleischkonsum haben und vor allem die Schweine schätzen. Du kannst es mir nicht verübeln, dass ich für Władysław gekocht habe."

Sie stellte zwei Flaschen Tyskie-Bier auf den Tisch und öffnete den Metwein als Begrüßungstrunk. Durusan kratzte sich am Kopf, griff nach dem Gläschen Met, roch mit krauser Nase daran, stellte den süßen Alkohol weg und meinte freundlich gewitzt: „Meine liebste Magdalena. Mit einer kalten Cola und dem aufrechten Blick in die Augen einer schönen Polin könnte ich mich trösten – vielleicht sogar ein ganzes Leben lang."

Magdalena ließ das Gesülze an sich vorüberrauschen.

„Durusan, du weißt doch, dass ich Władysław liebe. Was habt ihr beiden denn wieder ausgeheckt? Wo steckt Władysław? Steht er vielleicht zur Feier des Tages nicht nur mit einer Dose, sondern gleich mit einem Fass voll Wasser beim Nachbarn über mir?", sie deutete zur Decke und sah ihn ernüchtert an. „Da wartet er, bis du mich auf den Balkon gelockt hast?"

Durusan senkte den Blick und wusste nicht mehr weiter. Er hätte es eigentlich ahnen müssen, dass es unmöglich sein würde, Magdalena einen Mann auszureden, den sie sich in den Kopf gesetzt hatte. Wie naiv er war. Nur in seinen Träumen hatten sich sämtliche Schwierigkeiten leicht wie in einer Komödie oder in einem dummen Schlagertext von alleine aufgelöst.

„Liebe Magdalena", stammelte Durusan. „Er wird dir immer und ewig Ärger bereiten. Er wird damit niemals aufhören."

„Warum denn?"

„Er…, er…", Durusan suchte nach Worten. „Er hat mir etwas Schreckliches offenbart."

„Sag es endlich!", forderte sie ihn auf und kippte das Glas Met auf ex hinunter. „Verschone mich nicht!"

Ihr kam ein grauenvoller Verdacht.

„Ich meine es ehrlich", jammerte er und zog sie erregt zu sich auf den Stuhl. „Władysław wird dich niemals so lieben wie ich."

Magdalena schleuderte ihm wild ins Gesicht: „Auch du hast es endlich kapiert: Władysław ist schwul!"

„So ist es", stieß er nach einer Schrecksekunde hervor. „Nur ich liebe dich unsterblich!"

Sie befreite sich stolz erhobenen Hauptes aus dem Gewirr seiner Arme und Beine. Beschämt ließ er von ihr ab. Erst jetzt begriff er das Ausmaß dessen, was er in seiner Not behauptet hatte.

Sie lief in die Küche und starrte in den Eintopf aus Sauerkraut und Weißkohl, in dem nicht nur die Wildschweinschulter schmorte, sondern auch Rindfleisch, Krakauer, Schlesische Wurst, Pilze und die ersten frischen Pflaumen des Jahres. Władysławs Knuff in Durusans Po unter ihrem Regenschirm, stand ihr wieder vor Augen. Ihr kamen die Tränen.

„Warum hat er mir nicht schon längst selbst gesagt, dass er schwul ist?", fragte sie in Richtung Esszimmer, in dem Durusan sitzen geblieben war.

„Das hat er wegen mir getan", kam die zögerliche Antwort von draußen. „Sonst wärst du doch bestimmt schon lange auf und davon."

Sie lachte unter Tränen, fischte sich einen Pfifferling aus dem Topf und aß ihn. Das Bigos war gar.

Jetzt sollten sie eigentlich schon die Barszcz essen, die sie wieder aufgewärmt hatte. Am liebsten hätte sie augenblicklich den Topf mit der Suppe über Durusan ausgeschüttet, um wenigstens einmal Rache für diese Schmach zu nehmen.

Sie durfte sich nicht mehr länger von diesen beiden Männern an der Nase herumführen lassen. Erst recht nicht von dem schwulen Władysław. Schon viel zu lange trieb er seine Unverschämtheiten mit ihr.

Da kam ihr eine verrückte Idee. Jetzt war einmal sie an der Reihe, ihn zu ärgern. „Dann ist Władysław ja ein sehr dummer Mensch. Obwohl er *dich* liebt und gewiss behalten möchte, schickt er dich zu *mir*?"

„Äh, ja, er kommt damit gut zurecht", stammelte Durusan. „Er ist übrigens nach wie vor mein *Kumpel* und *nicht* mehr, das hat er mir versprochen."

Magdalena glaubte ihm kein Wort, Władysław war in Durusan verliebt, das wollte Durusan nur nicht wahrhaben. Sie wischte sich die Tränen ab, grinste über eine Eingebung, nahm den Suppentopf vom Herd und trug ihn ins Esszimmer. Während sie die dampfende Suppe auf die zwei Teller verteilte, fragte sie mit süßer Stimme: „Hatte Władysław tatsächlich noch nie etwas mit Mädchen?"

„Er ist momentan noch nicht so weit", hüstelte Durusan. „Du hast ihm schon gehörig den Kopf verdreht, für seine Verhältnisse gesehen."

Sie warf Durusan einen herausfordernden Blick zu. Der abscheuliche Władysław würde bald mit ansehen müssen, wie ihm eine Frau seinen geliebten Durusan entfremdete und ausspannte. Nun gab es einen wunderbaren Grund, sich auf Durusans Flirten einzulassen.

Doch er sollte es nicht leicht haben und noch schmoren. Fast der ganze Topf mit Barszcz, der roten Suppe, wurde von ihr genüsslich allein aufgeschlürft. Sie warf Durusan dabei triumphierend heiße Blicke zu und spielte bisweilen aufreizend, ein Kätzchen zu sein, das seine Milch schleckt.

Durusan sah ihr gebannt zu und fasste es kaum, dass sich sein Traum so verheißungsvoll verwirklichen sollte. Auch wenn er wegen der Teigtaschen mit Speckfüllung keinen einzigen Löffel von der roten Suppe zu sich nahm, genoss er lauernd wie ein Tiger dieses Schauspiel. Magdalena aß auch noch einen Teller Bigos verführerisch vor ihm auf. Als sie dann Karpatka, den Nachtisch, auftrug, war er vor Erregung schon ganz außer sich. Sie stellte den Eierkuchen mit Puddingcreme auf den Tisch. Er warf einen hungrigen Blick darauf, doch Magdalena fasste seine Hand und hielt ihn zurück.

„Mein Liebster", erklärte sie zärtlich. „Ich habe die Eierkuchen leider mit Honigwein gesüßt." Sie nahm das Karpatka aus seinen Fingern und steckte es sich selbst in den Mund.

Durusan sperrte die Augen auf: „Nun bist du satt nach diesem Festessen und faul wie eine dicke Katze, und mir bleibt, hungrig und durstig wie ich bin, nichts anderes übrig, als dich zu vernaschen."

Magdalena, die schon beschwipst war, lachte ihn feurig an und fragte, ob er denn vorher noch gerne einen polnischen Kaffee auf *türkische Art* hätte.

Jedoch der Kaffee, serviert im Glas mit Satz und viel Zucker, blieb auf Magdalenas Nachttisch stehen und wurde kalt. Denn was mit dem seltsamen Mahl begonnen hatte, führte beide ins Bett und endete erst nach einer heißen Nacht am Sonntagnachmittag, als sich Magdalena vor ihrem großen Frisiertisch für die Arbeit in der Bar zurechtmachte.

Magdalena hatte großes Vergnügen daran gefunden, Władysław mit seinem Freund ordentlich zu betrügen, vor allem weil er im Bett ein guter Liebhaber war und ihr auf den Knien bereitwillig geschworen hatte, niemals auch nur *eine* Liebesnacht mit Władysław verbringen zu wollen, so sehr ihn dieser auch bedrängen mochte.

Durusan nahm sich vor, die Lüge, mit der er ihre Zuneigung erschwindelt hatte, gegenüber Władysław mit allen Mitteln zu verheimlichen. Um seine Gedanken von diesem erbärmlichen Verrat abzulenken, trat er an Magdalena heran und küsste sie eifrig im Nacken. Auch hörte er sich übertrieben interessiert fragen: „Wohin sind deine Eltern eigentlich gefahren? Besuchen sie Verwandte?"

„Meine Mutter ist nach Częstochowa zur Maryja-Wallfahrt gefahren." Mehr sagte Magdalena dazu nicht, weil sie sich für die allzu fromme Ader ihrer Mutter schämte. „Was tut deine Mutter denn bei dieser Wallfahrt?", fragte er neugierig weiter. Eigentlich hatte er als Antwort erwartet, in Częstochowa liefe man siebenmal um irgendetwas herum wie in Mekka, indessen hörte er Magdalena nur völlig genervt sagen: „Sie will für meine Schwester beten. Die hat vor fünf Jahren geheiratet und kriegt seitdem einfach kein Kind. Meine Mutter will die Schwarze Madonna um ein Kind bitten."

Magdalena trug schwungvoll Parfüm auf.

Durusan, der sich von ihrem Duft ganz benommen wie ein Sultan auf das Bett legte, kam in den Sinn, dass der Prophet Isa, den die Christen Jesus nennen, ohne das Dazutun eines Mannes von Marjam geboren worden war, und er lächelte bei der Vorstellung, wie Magdalenas Mutter durch Beten ein Kind zustande bringen wolle. Wenn er sich von Allah etwas wünschen dürfte, würde er gern jeden Tag mit Magdalena eine Tochter zeugen. Gab es etwas Schöneres auf der Welt als mit einer Frau im Bett zu liegen?

Magdalena fand in diesem Moment ihren nachdenklich lächelnden, neuen Freund entzückend. Sie warf sich neben ihn aufs Lager und drückte sich an ihn.

„Bist du eigentlich ein gläubiger Moslem?", fragte sie.

„Na ja, das zu behaupten wäre übertrieben. Ich habe mir so einiges Muslimisches angewöhnt."

„Was denn?"

„Ich trinke keinen Alkohol, feiere keinen Namenstag und faste gewöhnlich nicht nur einen Tag lang wie heute, sondern im Ramadan gleich einen ganzen Monat."

Sie schmunzelte über seinen Humor. Das Argument mit dem Alkohol wollte sie sich einprägen. Sollte sich jemand in ihrer Familie mokieren, weshalb sie als Polin einen Muslim zum Freund hatte, könnte sie ihre Wahl auch schlagfertig damit begründen.

DIE SCHRUBBMASCHINE / An einem schwülen Julinachmittag, als die Sonne beim Benz Wände und Dächer des Werks aufheizte, veränderte sich das Leben einer jungen Türkin.

Meral war für das Putzen in den oberen Büroetagen zuständig, auch für das klimatisierte Büro des Bereichsleiters. Im Büro bückte sie sich nach dem Papierkorb der Sekretärin, um ihn in einen blauen Plastiksack auszuschütten, als nicht nur die Sonne ihre Augen blendete. Der Glanz ging von einem Mann aus, der mit kraftvollen Schritten zur Tür hereinkam und sie aus rabenschwarzen Augen fröhlich anstrahlte: Durusan.

Durusan verband mit seinem freundlichen Gruß eigentlich keine Absicht. Er wollte einfach nur eine Landsmännin beiläufig grüßen, die er an ihrem Kopftuch erkannt hatte. Er und Władysław begannen mit der Sekretärin zu schäkern. Silke hatte beide eingeladen, allerlei lecker belegte Bewirtungsbrötchen aufzuessen, die von einer Konferenz ihres Chefs übrig geblieben waren.

Meral wischte unauffällig weiter, sie tat so, als sei sie überhaupt nicht im Raum, und aus der Unterhaltung hörte sie heraus, dass die beiden in einer der großen Montagehallen arbeiteten. Wie schön wäre es, wenn auch sie dort putzen könnte. Wer weiß, vielleicht lernte sie so den jungen Mann kennen. In den weitläufigen Hallen putzte allerdings keine einzige Frau, denn das Herumfahren mit den wendigen Schrubbmaschinen war eine Domäne der Männer. ‚Das ist doch typisch', ärgerte sich Meral, ‚immer haben die Kerle die interessanteren Jobs, aber ich werde es allen zeigen.'

Sie fasste einen kühnen Plan.

Täglich kam sie früher als nötig zur Arbeit und hielt in den Putzräumen Ausschau nach einer herrenlosen Schrubbmaschine. Endlich stand eine herum, auf die sie sich setzte und dann betrachtete. Die Bedienungsanleitung nahm sie heimlich mit nach Hause. Meral studierte gründlich, wo der

Wasserbehälter zu füllen war, wie die Trockenabsaugung, das Zubehör, die Bürsten und Walzen, die rotierenden Polier- und Schleifvorrichtungen funktionierten. Schließlich kam der Tag, an dem der Vorarbeiter herumschimpfte, weil keiner der Männer erschienen war. Sie meldete sich als Ersatz, bewies Sachverstand, denn sie beherrschte zu seinem Erstaunen das Bedienen dieser Maschine zumindest theoretisch auf Anhieb. Dem Vorarbeiter blieb nichts anderes übrig, als ihr nach einer praktischen Einweisung die Maschine anzuvertrauen. Nun war endlich der Weg frei zur Halle, in der Durusan arbeitete.

Schon vom ersten Tag an verrenkte sich Meral den Hals nach Durusan. Dabei hätte sie beinahe Władysław überfahren, der sich nur durch einen beherzten Sprung zur Seite vor der noch ruppigen Fahrkunst Merals in Deckung bringen konnte.

Zu den wenigen Frechheiten, die sich polnische Männer trotz ihrer Galanterie auch den Frauen gegenüber erlauben, gehören Beschimpfungen im Straßenverkehr. Władysław holte Luft und äußerte seinen Unmut laut. Doch als sich die Fahrerin ihm zuwendete, da verstummte er betroffen. Aus dem kokett gebundenen Kopftuch lächelte ihm das klarste Gesicht zu, das er je gesehen hatte.

Blitzschnell verwandelte er sich in einen Kavalier, trat an die Schrubbmaschine, erfasste die Finger der Fahrerin und küsste geübt ihre Hand, wie das im polnischen Alltag üblich ist, wenn ein Mann einer Frau eine Aufmerksamkeit erweisen will.

Meral entzog ihm schroff ihre Hand, blickte ihn beleidigt an und schrie: „Bana hakaret mi etmek istiyorsun?"

Władysław schaute verdattert, konnte sich keinen Reim auf das bilden, was er offensichtlich angerichtet hatte. Auf jeden Fall tat es ihm schrecklich leid, dass er geradezu das Gegenteil von dem erreicht hatte, was er wollte.

Durusan hatte das Quietschen der Schrubbmaschine gehört und kam zu seinem Freund angelaufen, weil ihm das

Wort *beleidigen,* von einem Mädchen schrill gerufen, in den Ohren schellte.

Meral beruhigte sich sofort, als ihr Schwarm erschien und ihre Miene wurde milder. Doch ihre tadelnden Blicke genügten.

Władysław stand als ungehobelter Holzklotz da.

Das war sehr auffällig, und Durusan wollte diesen Vorwurf nicht auf seinem Freund sitzen lassen. Freundlich begann er mit der jungen Frau die Sache auf Türkisch zu klären, weil er glaubte, sie verstünde Deutsch nicht so gut.

Die Worte flogen hin und her, es schien ein eher sachliches Gespräch voller Fragen und nur wenigen Antworten zu sein.

Władysław konnte kaum erwarten, dass ihm sein Freund endlich erklärte, was vorgefallen war.

Doch Durusan war anscheinend keineswegs in der Lage, seine Sache zu vertreten, denn nicht nur das Mädchen, auch Durusan schienen immer ratloser.

Schließlich fragte ihn Durusan: „Du weißt, ich bin dein Kumpel, und ich weiß, du bist meiner. Du musst mir mal ganz einfach sagen, warum du ihr diesen Handkuss gegeben hast."

„Ich wollte Meral keinesfalls ärgern oder beleidigen. Oder ihre Gefühle als Muslima verletzen", baute Władysław vor.

„Das glaube ich dir. Doch warum hast du ihre Hand geküsst, wenn du sie nicht beleidigen wolltest?"

„Was unterstellt ihr mir denn da?"

„Sei doch nicht so blöde. Sag mir doch einfach, was ein Pole mit einem Handkuss bezwecken will."

„Das ist doch ganz klar!"

„Nein, das ist es nicht."

Władysław wurde rot und stammelte: „Das … das fällt mir jetzt wirklich schwer, es so direkt aus … auszusprechen. Ich würde es auch viel lieber woanders sagen als hier in dieser Halle. Ich habe noch nie eine so … eine so hübsche Frau gesehen."

Meral und Durusan warteten gespannt, als ob die Pointe noch folge. Jetzt wurde Władysław im ganzen Gesicht knallrot, und Durusan tat der Freund schon ein bisschen leid.

„Du wolltest dich also nicht über mich lustig machen, weil ich so ruppig gefahren bin?", fragte Meral mit Bestimmtheit auf Deutsch, was Durusan in doppeltes Erstaunen versetzte.

„Nein, wieso denn verspotten? Ich wollte höflich und freundlich sein. So keck, wie du auf deiner Maschine durch die Halle fegst, ... so ausgeflippt gekleidet, ... hast du mich tief beeindruckt", beeilte sich Władysław zu sagen.

„Sozusagen weil ich dir gefalle?", fragte Meral ungläubig. Władysław nickte verlegen. Meral fing an zu kichern und auch Durusan kratzte sich belustigt hinter dem Ohr.

„Warum grinst ihr denn jetzt auf einmal?" Władysław war verunsichert.

„Sportsmann, du hast gewirkt, als wolltest du sie mit deinem Handkuss formvollendet verhöhnen!", neckte ihn Durusan. „Stell dir besser gar nicht vor, wie zynisch das aussah. In der Türkei kriegst du die Hände geküsst, wenn du uralt und schon verschrumpelt bist. Meral in ihren hübschen Kleidern ist doch alles andere als *das* und darum voll im Recht, wenn sie sich über einen Handkuss ärgert."

Nun lächelte Władysław, wenn auch ein bisschen gequält, und entschuldigte sich. Es wurde Zeit für die drei, sich wieder an die Arbeit zu machen.

Durch Durusans Kompliment über ihre Kleider inspiriert, vollbrachte nun Meral jeden Tag größere Taten als Modeschöpferin. Mit ihren Farben und pfiffigen Schnitten wollte sie Durusan beeindrucken. Sie zauberte herrliche Kombinationen für Kopftuch, Kleid und Hose. Sie mischte frisches Türkis mit Weiß, freches Gelb mit Grün, raffiniertes Rot mit Schwarz.

Meral war sehr erfreut, so schnell Durusans Aufmerksamkeit errungen zu haben. Wenn sie auf ihrer Putzmaschine durch die Halle fuhr, hielt sie immer bei ihm an. Da er stets höflich war, glaubte sie sich am Ziel ihrer Träume, auch wenn Durusan nur wenige belanglose Worte mit ihr wechselte. Sie ahnte nicht, dass sie sich in den Freunden täuschte. Denn es war Władysław, der sie mit leuchtenden Augen verfolgte, der sich abmühte und nicht entmutigen ließ, mit ihr in ein Gespräch zu kommen. Er winkte ihr immer schon von weitem, obgleich sie ihn einfach übersah, wenn sie die Gänge mit ihrem Schrubberwagen stolz durchfuhr.

Zunächst schob Władysław das auf seinen missverstandenen Handkuss, bis er endlich erkannte, was sich da abspielte: Seine bunte Rockerbraut versuchte Durusan zu bezirzen. Der jedoch bemerkte das überhaupt nicht, weil er Tag und Nacht nur an Magdalena dachte.

Nach einer Mittelschicht schritten beide am späten Abend durch das Werkstor. Da blieb Władysław nach seinem „Tschüss" noch einmal stehen: „Durusan, mein Freund, mir liegt etwas auf dem Herzen. Wir müssen ein Wort von Mann zu Mann zu wechseln."

Schweigend gingen sie weiter bis zu Durusans Wagen.

„Komm, wir drehen noch eine Runde." Durusan hielt ihm die Autotür auf und Władysław stieg ein. Sie fuhren auf die Friesenheimer Insel zur Orderstation, einer Kneipe, die von Feldern umgeben, direkt am Rhein liegt. Gegenüber erhebt sich die BASF über den Fluss, eine riesige Chemiefabrik auf vielen Etagen, ein sich auftürmender Urwald aus Silos, Rohren, Gebäuden, Leitungen, Brücken und Schornsteinen. Die Lichter des kilometerlangen Werks tanzten im Wasser, soweit man den Rhein hinauf und hinunter sehen konnte. Sie setzten sich draußen hin. Am Nebentisch aß ein dicker Mann Schnitzel und Pommes frites.

„Meral ist so spröde zu mir. Sie hat nur Augen für dich. Du musst mir helfen, an sie heranzukommen."

„Kumpel, einmal ehrlich. Warum willst du dich mit einer türkischen Braut einlassen? Ihr Vater ist vielleicht ein Patriarch. Mit dem möchte noch nicht einmal ich etwas zu tun bekommen. So einer erlaubt Meral niemals, einen Polen zu heiraten. Was willst du also von diesem lieben Mädchen mit der bunten Garderobe? Willst du es schänden?"

„Kumpel, was muss ich mir da anhören? Du stellst mich hin wie den letzten Bock. Ich liebe Meral, und wenn es sein muss, befreie ich sie aus ihrem Käfig."

„Selbst wenn sie dich will, werdet ihr erst in der Hochzeitsnacht vögeln können, ist dir das klar? Ihre Eltern bewachen sie wie die Schießhunde. Kumpel, diese Tortur hält kaum ein Türke aus."

„Oh Mann", fluchte Władysław. „Du brauchst mir gerade etwas zu erzählen. Es ist auch kein Zuckerschlecken, in einer erzkatholischen Familie den Bräutigam zu spielen."

„Na gut", murrte Durusan. „Ich werde sehen, was ich für dich tun kann."

Durusan hatte überhaupt keine Idee, wie er Władysław helfen könne. Magdalena von Władysław *abzuhalten* war ja halsbrecherisch genug gewesen, aber wie sollte er Meral für Władysław *begeistern*? Durusan überlegte lange. Ihm schien es am besten, wenn er dieses Mal ganz einfach mit der vollen Wahrheit herausrückte: Mit Władysławs Verliebtheit und seiner eigenen Liebe zu Magdalena. Allerdings wollte er sich dabei diplomatisch anstellen.

Wenn sie auf ihrer Schrubbmaschine bei ihm anhielt und ihm an den Lippen hing, kam er nun schnell auf das Verlieben und auf den Siebten Himmel zu sprechen, um Meral gleich darauf Władysław zu empfehlen. Doch er eierte herum und Meral wurde wegen Durusans Ausdrucksweise zunächst darin bestärkt, *er* sei in sie verliebt. Unumwunden gestand sie ihm daraufhin ihre eigene Liebe.

Nunmehr setzte Durusan, wie er glaubte, auf schonende Abschreckung und schwärmte von seiner Freundin: „Ich war gestern mit Magdalena im Kino und habe von dem ganzen Film nichts mitbekommen, weil wir uns die ganze Zeit nur küssten."

Doch Meral fragte unbeirrbar zurück: „Wenn *wir* einmal zusammen ins Kino gehen, küsst du mich dann auch die ganze Zeit?" Nach diesen Worten fuhr sie schnell weg, damit er seine Antwort gar nicht erst loswerden konnte. Sie wusste nun, sie würde um ihn kämpfen müssen. Doch davor schreckte sie nicht zurück. Schon ihre Mutter hatte ihr erklärt, dass es für Frauen Möglichkeiten gab, um einen Mann zu kämpfen.

Das nächste Mal wurde er im Gespräch deutlicher und erklärte ihr: „Ich bin in eine heißblütige Polin verliebt."

„Ich bin auch heißblütig", sagte sie schlagfertig. „Ich liebe dich, und ich will nur mit dir in den Siebten Himmel schweben." Sie gab Gas und war wieder weg.

Die Gespräche, die sie miteinander führten, wurden für ihn immer unerquicklicher und immer mehr zu einem Schlagabtausch: „Meral, es tut mir leid, doch ich bin nicht der Richtige für dich. Ich bin mit Magdalena glücklich. Wir lieben uns auch im Bett. *Sie* ist für mich der Himmel auf Erden."

„Du wiederholst dich ständig. Hoffentlich wird es euch in euerem Bett nicht auch langweilig." So lästerte sie zurück.

Bisher war Meral immer tapfer geblieben, sie ließ sich ihre Enttäuschung nicht anmerken und wollte schnell wie immer achselzuckend wegfahren, doch Durusan hielt sie dieses Mal am Arm fest.

„Władysław ist ein anständiger Kerl. Probier' es doch einfach. Er würde gern einmal mit dir ausgehen. Du kannst mir glauben, er meint es ehrlich."

„Ja, ja", wehrte sich Meral, die ihm zumindest schnippisch zustimmte.

Da Durusan über seinen kleinen Erfolg verwirrt war und nicht recht überblickte, was er ihr schnell noch erzählen könne, stammelte er: „Du kannst im Siebten Himmel schweben, wenn du den Menschen, mit dem du schläfst, wirklich liebst."

„Hauptsache, ihr Männer seid glücklich!", schimpfte Meral nun doch erzürnt und verschwand auf der Putzmaschine wieder in den Gängen der Halle.

Durusan wusste nicht mehr weiter. Anscheinend war das Maß auch für Meral jetzt voll, denn sie ignorierte ihn einige Tage. Als Władysław ihr wie immer winkte, winkte sie immerhin zum ersten Mal ein wenig herablassend zu ihm zurück.

Diese Geste rührte Władysław und brachte ihn auf die Idee, ihr täglich einen Blumenstrauß zu bringen, und zwar in den Farben ihrer am Vortag getragenen Kleidung. Den Strauß versah er immer mit einer Karte: „Für die liebe Meral".

Diese kleinen Sträuße legte er an seinem Arbeitsplatz auf den Boden. Einmal hierhin, einmal dorthin, immer so, dass sie der Putzmaschine im Weg lagen. Meral räumte die Sträuße zwar auf die Seite, arrangierte sie gleichwohl so, dass es an Władysławs Arbeitsplatz bald wie in einem Blumengeschäft aussah. Zäh und durch keine Rückschläge aus der Fassung zu bringen, besorgte Władysław täglich weiter Blumen.

Meral war am Ende von Władysławs Beharrlichkeit beeindruckt, schließlich gab er ein Vermögen für diese Blumen aus. Vielleicht war Władysław doch gar nicht so übel. Sie überdachte ihre Ansichten über ein glückliches Liebesleben. Vielleicht sollte sie Durusans Ratschlag probehalber beherzigen? Sie hätte gern einen türkischen Mann gehabt, noch dazu einen alevitschen Glaubens, um von dem strengeren sunnitischen Bekenntnis ihres Vaters wegzukommen. Sollte die Liebe vielleicht auch mit Władysław der Himmel auf Erden sein, dann würde sich sogar der Riesenaufwand lohnen, ihren Vater von einem katholischen Mann zu überzeugen.

„Ach Durusan", klagte Meral, als sie eines Tages wieder bei ihm anhielt. „Wie soll ich denn Władysław kennenlernen, ich darf doch kaum einmal aus dem Haus."

„Na ja", antwortete Durusan verwundert. „Du kannst dich doch auch bei der Arbeit mit ihm unterhalten. Das fände er bestimmt schon ganz toll."

Von da an wendete sich das Blatt für Władysław, und die Schrubbmaschine hielt an seinem Arbeitsplatz.

ABENDLAND / Im Flur von Magdalenas Eltern hing eine Farbfotografie des polnischen Papstes Johannes-Paul II. über einem Schränkchen. Das Bildnis war stets mit frischen Blumen geschmückt. Durusan war klar, dass dies sehr fromme Leute sein mussten. Er meinte alles richtig zu machen, als er sich eines Tages höflich bei Magdalenas Mutter danach erkundigte, ob ihre Gebete bei der Wallfahrt bereits erhört worden seien. Die Mutter erwiderte nichts, doch ihr Blick war stechend und Magdalena, die gerade kam und alles mit angehört hatte, wusste sofort, dass Durusan und sie keine Chance mehr hatten, in ihrem Zimmer jemals auch nur für eine Sekunde allein sein zu können.

Weiter als in den Flur gelangte Durusan jetzt nie mehr. Wann immer die Mutter ihn warten ließ, bis Magdalena zum Ausgehen fertig war, musterte sie ihn gründlich, von seinen stets frisch gewaschenen, schwarzen Haaren bis zu seinen gewienerten Lederschuhen. Und weil sich Durusan stets knapp neben dem Papstbild an die Wand anlehnte, musste sie sich jedes Mal zusammenreißen, damit sie ihn nicht aus Versehen anlächelte. Sie wollte sich keine Blöße geben, denn insgeheim fand sie ihn adrett und appetitlich, vor allem im Vergleich mit dem alten Papst oder erst recht mit ihrem verlebten Mann.

Ihrem Mann gegenüber bemerkte sie oft, ihr würde der muslimische Freund ihrer Tochter nicht passen. Magdalenas Vater zuckte dann nur die Achseln und antwortete nichts. Er gönnte seiner Tochter einen Mann nach ihrem Geschmack. Denn auch ein gewisses Maß an Hässlichkeit war kein Garant für eine gute Ehe, wie er am Beispiel von Magdalenas Mutter sah. Seine Frau hatte schon lange das übernommen, was man das eheliche Zepter nennt. Er hatte im Grunde nichts mehr zu melden.

Durusan machte einen guten Eindruck auf Magdalenas Vater, Moslem hin oder her.

Durusan lebte noch bei seinen Eltern. Auch in seinem Zimmer konnten sie sich nicht aufhalten, weil er mit einem jüngeren Bruder zusammenwohnte. Darum war Durusans alter Mercedes ihre Zufluchtsstätte, ihr Liebesnest. Sie nannten den Mercedes zärtlich ihr Outdoor-Schlafzimmer, für das sie auf Wirtschaftswegen im Schwetzinger Wald oder auf Feldwegen an Neckar und Rhein Plätze fanden. Waren auch Lenkrad, Nackenstütze oder Rückspiegel oft im Weg, Durusan versank in Magdalena, sobald sie ihre Beine um ihn schlang. War das Wetter gar zu garstig, gönnten sie sich in einem Hotel in der Fressgasse ein paar Stunden.

Immer seltener dachte Magdalena an Władysław, wenn sie mit Durusan zusammen war. Er verwöhnte sie mit netten SMS, Blumen und wusste stets gute Laune zu verbreiten. Beide wollten einander nicht mehr missen und unternahmen deshalb alles nur noch gemeinsam.

Durusan wünschte sich nichts sehnlicher, als mit Magdalena zusammenzuziehen. Mehr als einmal hatte er sich schon überlegt, wo der richtige Ort sein könnte, ihr einen Heiratsantrag zu machen. Im Kino? Im Auto? Bei einem schönen Essen? Oder wohl doch besser im Freien, bei dem weiten Rheinbogen im Strandbad, wo Urlaubsgefühle aufkamen? Händchen haltend lägen sie auf zwei bequemen Liegestühlen, sie würden der roten Sonne zusehen, wie sie drüben auf der Ludwigshafener Seite zwischen den alten Bäumen hindurchschimmerte und versank. Er war sich nicht sicher, ob der richtige Zeitpunkt dafür bereits gekommen war. Sollte sich Magdalena eine Bedenkzeit erbitten, dann könnte diese schöne Zeit der Liebe auf Autositzen jedoch auch noch gern eine Weile so weitergehen.

MORGENLAND / Władysław war nun zum ersten Mal in seinem Leben bis über beide Ohren verliebt, aber sein Liebesleben gestaltete sich völlig ereignislos, genauso wie es ihm Durusan vorhergesagt hatte. So etwas hatte er bisher immer nur bei anderen für möglich gehalten. Er verzehrte sich in dieser unfreiwilligen Askese und versank in Trauer und Melancholie. Nachts träumte er von aufwühlenden Liebesabenteuern mit Meral. Und in seiner eigenen Wohnung in der Schwetzinger Vorstadt wäre er rein räumlich gesehen, dafür wohl ausgerüstet gewesen. Doch morgens waren alle geträumten Genüsse verflogen.

Es war schwierig, mit Meral ein paar Minuten außerhalb der Arbeitszeit zusammen zu sein. Und das lag nicht an Meral, wie sie Władysław ständig versicherte, sondern nur daran, dass der Vater seit einiger Zeit ihr immer wieder in letzter Minute das Ausgehen verbot. Vor allem zum wöchentlichen Nähkurs durfte sie nicht mehr.

„Dein Schrank platzt aus allen Nähten", tadelte er. „So kann das nicht weitergehen. Du hast genug Kopftücher und bunte Kleider."

So trafen sie sich nur äußerst selten. Władysław hatte ihr ein Handy geschenkt, damit sie ihm eine SMS schicken konnte, falls sich eine plötzliche Gelegenheit finden sollte. Das kam sogar mitunter vor. Eines Morgens, als ein starker Gewitterregen einsetzte und den Straßenbelag zu einer einzigen Pfütze werden ließ, bestellte sie ihn per SMS in einen türkischen Supermarkt beim Marktplatz in der Innenstadt. Meral war zum Einkaufen geschickt worden. Władysław stieg in der Schwetzinger Vorstadt ausnahmsweise in die Straßenbahn. Er hatte Zeit, denn er musste erst zur Spätschicht. Im Laden zog sie ihn ganz nach hinten in eine neonlichterhellte Ecke. Draußen zuckten die Blitze. Sie kauerten neben Schafskäsebergen, eingelegten Oliven und gefüllten Peperonischoten, die in einer Kühltheke lagen. Sie sagte freudig: „Mein Vater macht die Kleine Pilgerfahrt."

Władysław verstand nicht gleich, worin die Sensation lag. Er erinnerte sich zunächst allenfalls an Magdalenas Mutter, und daran, dass diese ihm immerhin sechs Flaschen Wodka aus Polen mitgebracht hatte, von denen noch fünf unberührt bei ihm zuhause standen, denn er trank nur noch ganz selten, weil Meral sofort jedes Düftchen Alkohol an ihm kritisierte.

„Der Vater ist bald weg. Er fährt nach Mekka!", flüsterte Meral ihm noch einmal zu, wiederholte es dann im Refrain, wobei sie Władysław Gesicht beobachtete, und sie schloss leise: „Vielleicht kann ich sogar eine Nacht von zuhause wegbleiben, wenn's die Mutter erlaubt."

Erst jetzt begriff er die Tragweite dessen, was Meral meinte. Ihm zitterten die Knie vor diesen aufregenden Aussichten.

‚Ich muss aufpassen', dieser ängstliche Gedanke saß in Władysław ganz fest, als er seine Meral an einem ruhigen Abend vor seiner Wohnung vom Motorrad hob. Irgendwie hatte er das ungute Gefühl, ihr Vater stünde in einer weißen Pilgerkutte hinter ihm mit drohendem Zeigefinger. Am Zeigefinger hing eine Kalaschnikow.

Meral war dagegen merkwürdig guter Dinge. Sie hatte sich in dieser Dämmerstunde für ein unauffällig schwarzes Kopftuch entschieden, um nicht erkannt zu werden. Das Kopftuch kam nun unter dem Helm hervor.

„Als ich in Polen noch klein war, trugen die alten Frauen auf dem Land immer solche schwarzen Kopftücher", sagte er leise mit einem scheuen Blick auf Meral und schloss die Haustür auf.

„Warum haben diese Frauen früher denn ein Kopftuch getragen?"

„Keine Ahnung. Es war wohl immer schon so."

Irgendetwas kam ihm an diesem stillen Abend mit seinen glühenden, weiter als sonst in den Himmel hinaufragenden Sonnenuntergangswolken nicht ganz geheuer vor. Ein Zug, der in den nahe gelegenen Hauptbahnhof einfuhr, war durch ein offenes Gangfenster zu hören und hallte verloren im Treppenhaus. Als sie die vielen Stufen hinauf in seine Dachwohnung stiegen, durchzuckte ihn zwar ein kaum zu bändigendes Verlangen, doch er spürte ebenso die ungewohnte Verantwortung, die auf ihm lastete.

Etwas verlegen fragte er, als Meral in seinem großen Zimmer an den schrägen Wänden die Motorradposter betrachtete: „Hast du Hunger, möchtest du etwas essen?"

Meral dachte nur ganz kurz nach. „Ja, eine Suppe."

Sie wollte schließlich feststellen, ob sie mit Władysław in ihrer heimlichen Schleiernacht richtig liegen würde. Sie war bereit, in dieser Nacht alles zu geben, ohne Scheu und doppelten Boden. Diese Nacht war die Probe für ein ganzes Leben. Warum also keine Brautsuppe?

Władysław wurde rot. Er war doch ein Idiot. Er verstand sofort, warum Meral so selbstverständlich auf eine Suppe Appetit hatte. Doch woher nehmen? Er hatte so vieles vorbereitet, nur eine Suppe war nicht dabei.

Meral ging schon ins Schlafzimmer und legte würdevoll ihr Kopftuch ab. Władysław betrachtete erstaunt ihr langes, schwarzes Haar. ‚Komisch', dachte er, ‚ich habe sie noch nie gefragt, warum sie überhaupt das Kopftuch trägt.'

Da durchblitzte ihn die rettende Idee: Ein Heimservice. Er lief in die Küche, holte aus dem Küchenschrank einen Stapel Prospekte und suchte die Speisekarten eilig nach Suppen ab. Er bemerkte zum ersten Mal trotz aller Erfahrung als Besteller, dass es bloß einen italienischen und einen chinesischen Heimservice gab, der Suppen überhaupt im Angebot führte. Mit diesen beiden Karten setzte er sich neben Meral, die ihm gelassen zuhörte: „Es gibt hier eine Gemüsesuppe ‚Minestrone' und eine, die wie das Eis seltsamerweise ‚Stracciatella' heißt. Das ist eine Suppe mit Ei und Parmesankäse. Die Asiaten bieten auch eine Gemüsesuppe an. Die haben jedoch noch andere Suppen, die in Frage kommen. Da gibt es eine ‚Tom-Kha-Gai' mit Hühnerfleisch, Champignons und Kokosmilch und diese ‚Tom-Yam-Gung'."

Meral entschied sich für die Tom-Yam-Gung, sauerscharf mit Shrimps. Władysław nahm die Tom-Kha-Gai und bestellte mit dem Handy darüber hinaus noch das teuerste

Gericht auf der Karte, knusprige Ente mit Bambussprossen und chinesischen Pilzen, damit er, weil die Suppen so billig waren, über dem Minimalbestellwert lag. Sie gingen wieder in die Küche. Er deckte den Tisch zusätzlich mit Suppentellern.

Er lehnte sich an den alten Küchenschrank. Meral hatte ihm die letzten Tage immer wieder mit Bestimmtheit versichert, sie würde sehr gern mit ihm schlafen. Dieser ernsthafte und zielstrebige Elan einer Jungfrau machte ihn unsicher.

„Es ist schön, dich einmal ohne Kopftuch zu sehen."

„Weißt du, warum ich ein Kopftuch trage?"

„Weil du so schön nähen kannst?", antwortete er und zündete eine Kerze an.

„Ich nähe sie nicht nur, ich kaufe mir auch viele."

„Weil es dein Vater und die Religion so haben wollen?" Władysław zog vorsichtig den Vorhang zu.

Sie sagte verschmitzt: „Vielleicht trage ich es, damit sich alle den Kopf darüber zerbrechen, warum ich es trage. Wer weiß, wenn ich verheiratet bin, werde ich vielleicht keines mehr aufsetzen."

„Denkt dein Vater bei seinem künftigen Schwiegersohn an einen gläubigen Moslem?", fragte er, die Stirn runzelnd.

„Vielleicht", wich sie ihm aus. „Ich möchte jetzt nichts von meinem Vater hören."

Er nahm sie in die Arme und fuhr mit der Hand durch ihre langen Strähnen, die Rosenduft verströmten. Da läutete der Heimservice an der Tür. Władysław nahm die Suppen in Empfang und goss sie etwas zitterig in die Teller. Meral tauchte den Löffel ein und probierte.

„Dann lass dir auch deine Suppe schmecken, Liebster." Sie legte den Löffel noch einmal ab, öffnete ihre Bluse und Władysław war ab sofort zu keinem Gedanken mehr fähig. Er schloss die Augen und sah dennoch Merals nackte Haut bunter schillern als alle Kopftücher des Orients zusammen. Er wagte kaum, ihre unverhüllten, seidenweichen, Brüste zu berühren. Die Tom-Kha-Gai aß er wie in Trance. Alles an diesem Abend war so aromatisch und wohlriechend, so rein und klar, als hätten sich die glühenden Sonnenuntergangswolken in würzigen Duft verwandelt und verbreiteten in seiner Wohnung die lieblichsten Gerüche des Morgenlandes.

DAS PICKNICK BEI DER SILBERPAPPEL / Mehr als eine Nacht hatte sich Meral unter dem Vorwand, eine gute Freundin zu besuchen, von ihrer Mutter nicht erbeten. Doch solange ihr Vater in Mekka war, konnte sie wenigstens tagsüber ihren Freund öfter treffen. Beide hatten Urlaub genommen.

Władysław stellte ein Mammutprogramm zusammen, jeden Tag etwas anderes: Einmal fuhren sie hinaus in die Pfalz, um mit dem Kuckucksbähnle zu fahren, ein anderes Mal machten sie eine Rundfahrt durch den Mannheimer Hafen, bei der Meral ihm zeigte, wo ihr Vater arbeitete. Władysław ließ sich auch darauf ein, mit einer Gondoletta im Luisenpark-Teich herumzugondeln. Der Höhepunkt war allerdings eine rasante Fahrt auf dem Rhein, mit dem Motorboot eines Freundes. Meral schmiegte sich im Fahrtwind an ihn, und er freute sich auf die eine Stunde im Bett, die sie ihm täglich gönnte. Władysław war überglücklich. Nach vielen Wochen der Entbehrung, in denen er immer nur neidisch auf Magdalenas und Durusans Glück gewesen war, war der ausgehungerte Władysław der festen Überzeugung, dass er die Liebe seines Lebens gefunden hatte. Diese Liebe sollte nichts und niemand gefährden, auch nicht Merals Vater, einem, wie Meral zögerlich preisgab, sehr gläubigen Menschen. Władysław schwirrte der Kopf: Wenn dieser Mann seiner Tochter den Segen für ihre Heirat verweigern würde? Ohne den Segen der Eltern zu heiraten, galt auch in Polen als Katastrophe.

Meral hatte nun eine kleine Ahnung von der Liebe, daran auch einen gewissen Geschmack gefunden. Der ersehnte

Freudenrausch mit Władysław hatte sich nicht eingestellt. Dennoch fühlte sie sich endlich erwachsen.

Merals Mutter, die nun allein die Verantwortung für ihr einziges Kind trug, merkte nach ein paar Tagen, dass ein Junge hinter dem häufigen Ausgehen ihrer Tochter stecken musste. Die Ausreden, die Meral erfand, ließ ihre Mutter nicht mehr gelten. Sie verlangte den jungen Mann kennenzulernen, ganz besonders, als Meral mit einer „Freundin" bei der Silberpappel picknicken wollte.

Władysław fühlte sich sehr unbehaglich bei dem Gedanken, Merals Mutter überhastet gegenüber zu treten. Einmal müsste er sich Merals Eltern vorstellen, aber dieser Tag schien noch nicht gekommen. Meral jedenfalls hatte bisher nie davon gesprochen. Auch jetzt drängte sie ihn nicht dazu, bei ihrer Mutter vorbeizukommen. Damit schien sie sogar klaglos hinzunehmen, dass das Picknick ins Wasser fiel. Er sann auf Abhilfe und überlegte dabei zum ersten Mal ernstlich, wie er überhaupt einmal ihre Eltern kennenlernen sollte. Er wollte Durusan zu Rate ziehen – da erschien ihm die Lösung für sein derzeitiges Problem. Es war doch naheliegend, Durusan vorzuschicken.

„Mein Freund", bat er Durusan inständig. „Du kannst mit der Mutter besser reden als ich, weil du ihre Sprache beherrschst. Du kannst für mich die Lage erkunden. Bitte hol du Meral von Zuhause ab."

Durusan wehrte sich mit Händen und Füßen. Schließlich ließ er sich doch überreden, Meral abzuholen.

Sie wohnte in der quirligen Neckarstadt-West. Durusan startete zuhause mit schlechter Laune. Er lebte im dörflich geprägten Neckarau. Mit lauter, orientalischer Musik betäubte er sich. Er fuhr beim Neckarauer Bahnübergang in Richtung Innenstadt und ließ dann die Quadrate hinter sich. Anders als sonst ignorierte er beim Überqueren der Kurpfalzbrücke den freien Blick den Neckar hinauf bis zum Odenwald und hinunter bis zur Pfalz. Er kam an der Alten Feuerwache vorbei und bog beim alten Kultkino Capitol in die Mittelstraße ein. Hier nun, inmitten der engen Straßen, überfielen ihn erst recht die Zweifel über den Sinn seiner Mission. Er erwog, einfach umzukehren, aber Meral wartete. Die Adresse fand er leicht, denn sie lag in der Nähe des bekanntesten Tortenbäckers Mannheims. Beim Parkplatzsuchen bläute er sich noch einmal ein, er müsse der Mutter sagen, dass er Meral nur im Auftrag seines Freundes abhole. So weit kam es nicht, denn er wurde geradewegs von der hocherfreuten Mutter zum Teetrinken in die Wohnung genötigt. Durusan ließ sich notgedrungen darauf ein. Das Gespräch, das sich dann entwickelte, entzückte die Mutter so sehr, dass sie vor Wärme strahlte: „Meral, ich bin überglücklich, dass du einen so hübschen und höflichen jungen Mann gefunden hast. Ist dein Freund denn Sunnit?"

Meral sah Durusan flehentlich an, und Durusan spielte die Rolle eines künftigen Schwiegersohnes weiter, denn er brachte es nicht übers Herz, der freundlichen Mutter die Illusion zu rauben.

„Ich bin Alevit", hörte er sich unsicher sagen. Seine Nervosität und Scheu in dieser verqueren Situation fand die Mutter glaubwürdig.

„Bitte Mama, erzähle dem Vater erst einmal gar nichts, wenn er übermorgen wiederkommt", bat Meral.

Durusan und Meral fuhren schweigend Richtung Rheingoldhalle. In dieser Gegend gab es Kleingärten. Er würde viel darum geben, einmal einen Schrebergarten zu haben. Ob Magdalena auch so dachte? Zerstreut bog er ab auf den Weg neben dem Golfplatz und fuhr bis zu den Pferde- und Rinderkoppeln. Auf dem Parkplatz des Kanu-Sportclubs bei der Silberpappel stand Władysławs Harley. Falsch konnten sie hier nicht sein. Er parkte neben Władysław. Von hier aus gelangten sie rasch auf den Rheindamm.

Es war heute ungewöhnlich warm. Kaum zu glauben, dass der Herbst schon bald in den Winter überging. Meral fühlte sich in dieser goldenen Herbstlandschaft neben Durusan glücklich und zugleich betrübt. Am liebsten hätte sie seine Hand ergriffen und sie gestreichelt, doch sie hielt sich zurück. Ein Vogel zwitscherte in dem haushoch emporragenden Urwald. Sie liefen in der heißen Sonne über den Rheindamm bis zur Silberpappel. Dieses romantische Fleckchen im Waldpark, unmittelbar am Wasser gelegen, kannte Meral noch nicht. Dort wollten sie Durusans Freundin treffen. Vielleicht war die Polin verhindert. Das wäre natürlich besonders günstig, denn Meral spürte einen Stich der Eifersucht auf diese Frau. Ihre Freude, sie kennenzulernen, hielt sich in sehr bescheidenen Grenzen. Doch Władysław hatte ja um alles in der Welt seinen Kopf durchsetzen müssen. Meral hatte ihn nicht von diesem Grillausflug zu Viert abhalten können. Ihre alten Empfindungen für Durusan spielten für Władysław offensichtlich auch keine Rolle mehr, er hatte alles vergessen.

Durusan fühlte sich schäbig. Wieder hatte er gelogen und dieses Mal Merals Mutter getäuscht. Unter diesen misslichen Umständen würden sie nun grillen. Władysław hatte gegen alle Einwände diese tolle Idee unbedingt in die Tat umsetzen wollen. Er hatte gemeint, sie sei genial. Klar, Władysław glaubte ja auch, die Welt sei in Ordnung. Er ahnte nichts von dem Bluff. Was würde Magdalena sagen, wenn sie herausbekäme, dass Władysław gar nicht schwul war? Vielleicht hatte sie das schon längst herausgefunden, die beiden warteten schließlich seit geraumer Zeit bei der Silberpappel. Und ausgerechnet er brachte nun eine türkische Frau zu einem völlig unschwulen Władysław. Durusan war kreidebleich. Magdalena würde ihm wahrscheinlich gleich die Augen auskratzen und eine Riesenszene machen, noch sah man sie von Ferne friedlich bei Władysław stehen und aufgeregt gestikulieren.

„Meral!", sagte er und blieb auf dem Damm stehen. „Mir ist schlecht. Was zuviel ist, ist zuviel. Ich fahr wieder weg."

„Aber Durusan! Nach all dem hin und her habe ich mich so auf einen Nachmittag mit dir gefreut. Übermorgen kommt mein Vater zurück."

Ihre Antwort raubte Durusan den letzten Mut. Das hörte sich an, als sei sie noch immer in ihn verliebt. Auch das noch. Jedoch nun war alles zu spät. Władysław hatte sie kommen sehen und stürmte den sanft zum Damm ansteigenden Weg herauf auf Meral zu. Sie stellte ihren Korb ab. Er hob sie hoch, schwang sie herum und küsste sie wieder und wieder. Meral sträubte sich gegen Władysławs Begrüßungsküsse mit einem Seitenblick auf Durusan.

Magdalena beobachtete diese Begrüßung von weitem. Sie ignorierte Durusan, der mit dem Partygrill auf der kleinen Wiese ankam und grußlos, voller Verlegenheit sofort anfing, den Grill zusammenzuschrauben. Voller Wut lief sie mit verschränkten Armen stolz von ihm weg, den Altrheinarm entlang, der hier vom Hauptfluss abzweigte.

Das Laub an den Bäumen und Sträuchern war hie und da noch grün. Viele abgefallene braune Blätter schaukelten symbolträchtig im Altrheinwasser.

Durusan, der nach einer Weile unter der frostigen Atmosphäre litt, legte den Grill nieder, lief zu Magdalena und schlang einlenkend von hinten seine Arme um ihre Taille.

„Ich dachte, Władysław wäre schwul", zischte sie aufs Wasser hinaus, und Durusan sagte dazu nichts. Impulsiv wie in einem wilden Tanz schleuderte er jedoch mit Magdalena ein paarmal um die eigene Achse, bis beide wieder zu stehen kamen, nun mit Blick auf die Wiese. Sie sah Władysław entspannt im Gras sitzen. Er zog Meral gerade zu sich herunter und umarmte sie zärtlich.

Sie hatte heute ein grün-goldenes Kopftuch auf, das ihr sehr gut stand. Nach seiner Umarmung hing es ein wenig schief. Meral bemerkte, dass sie von Durusan und Magdalena beobachtet wurden, sie befreite sich aus Władysławs Armen und stand auf.

Magdalena riss sich von Durusan los.

Die beiden Mädchen sahen sich von weitem an und liefen dann geradewegs aufeinander zu. Mit kühlen Blicken begrüßten sie sich. Durusan glaubte zu spüren, wie es in ihnen gärte: Jede wünschte sich schließlich den Freund der anderen. Und da jede den Freund der anderen wollte, spürte jede auf ihre eigene Weise die Eifersucht auf die Konkurrentin. Sie standen steif nebeneinander. Beide sahen hinaus auf den Fluss. Auf dem Rhein flitzten einige Motorboote um die Wette über das blaue Wasser. Die Fahrwellen, die sie hinter sich herzogen, schlugen an Land gegen die Sandinseln und umspülten die dicken Weidenstämme. In der kleinen Rheinbucht rauschten die Wellen, bis sie sich langsam wieder beruhigten.

Władysław erhob sich lässig aus dem Gras, schlenderte zu den Frauen, legte seine Arme kurzentschlossen um beide, drückte sie freundschaftlich an sich und lief strahlend zu Durusan hin, der wieder beim Grill war, um ihn fertig zu montieren. Władysław sah ihm ein Weilchen nachdenklich zu und rief dann enthusiastisch: „Was hältst du davon, wenn wir eine muslimisch-katholische Doppelhochzeit feiern? So etwas hat es gewiss noch nicht gegeben. Wir werden alle verblüffen! Auch wenn unsere Eltern altmodisch sind, wir werden es ihnen zeigen."

Durusan hätte Władysław am liebsten die Gurgel zugedrückt, warum wollte der sich unbedingt jetzt über die Details unterhalten, die sie mit ihren Hochzeitsplänen zu meistern hätten. „Halt die Klappe!", fauchte er. „Wenn du solche Themen erörtern möchtest, dann bin ich jetzt gleich fort? Hast du verstanden?"

Demonstrativ ergriff er den halb zusammengebauten Grill und stampfte ein ganzes Stück weit von den Mädchen weg.

Władysław guckte ihm verdattert hinterher und fragte: „Mein Freund, du tust so, als hätten die Mädels die Pest, was hast du denn?"

Magdalena spitzte die Ohren, sie schlich kaum merklich näher an Władysław heran. Ihre Miene verhieß nichts Gutes. Meral hatte sich niedergesetzt und wartete regungslos im Gras.

Władysław tappte zu Durusan und arbeitete nun schweigend mit. Die Freude an seinem hochzeitlichen Thema war ihm vergangen. Vielleicht konnten sie ja ein anderes Mal darüber sprechen, auch wenn nicht abzusehen war, wann sie alle Vier wieder einmal zusammenfanden. Er griff nach dem Holzkohlesack, hob ihn an seinen Mund, versuchte ihn zu öffnen, indem er die Naht mit den Zähnen festhielt.

In diesem Moment stürzte Magdalena auf ihn und übertölpelte ihn. Der Sack mit den Kohlen flog im hohen Bogen durch die Luft, die Kohlestücke kullerten beim Aufprall heraus. Magdalena stieß Władysław auf den Boden, balgte sich mit ihm, bis sie schließlich kreischend auf ihm kniete. Władysław, der sich nicht zu wehren getraute, streckte alle Viere ergeben von sich. Er war völlig verwirrt und vernahm nur noch Magdalenas Beleidigungen. Sie schlug ihm polnische Schimpfwörter um die Ohren, ohne auch nur einmal Luft zu holen. Schließlich gelang es ihm, sie verwundert von sich zu schieben und aufzustehen. Einen Moment stand er da wie ein Betrunkener, der sich vor dem ersten Schritt auf der Straße noch umständlich besinnen muss, in welcher Richtung sein Zuhause liegt.

„Durusan, wir lassen das Grillen besser bleiben. Wir holen bei dieser Hitze lieber ein paar Portionen Eis", sagte er zaghaft und warf dem Freund einen scheelen Blick zu.

Durusan nickte erleichtert. Nichts wie endlich weg von hier.

„Meral, möchtest du mit?", fragte Władysław so, als ob es ihm rein gar nicht recht wäre.

Meral schüttelte den Kopf.

Die beiden Männer suchten schweigend Autoschlüssel und Geld zusammen und eilten auf den Weg zum Rheindamm. Sie waren schon auf dem Damm, da war immer noch kein Wort zwischen ihnen gefallen.

Schließlich brach Durusan das Schweigen: „In Neckarau gibt es eine Eisdiele neben der Kirche. Sollen wir dorthin fahren?"

„Mensch Durusan, Eis hin oder her, sieh mich mal an. Ich bin etwas verunsichert. Ich wollte mit dir allein reden. Wenn du mir den Arm um die Schultern legst oder mir manchmal wie neulich im Cafe Flo einen Kuss gibst, ... da ist doch nichts dran? Das hat doch keine Bedeutung? Oder?"

Durusan blieb wie angewurzelt stehen.

„Wo denkst du nur hin?", entrüstete er sich.

„Na gut, ich vertraue dir völlig. Du hast mich noch nie belogen. Es hätte mich schon gewundert, wenn du schwul wärst. Ich bin es ja auch nicht."

„Wieso soll ich denn *schwul* sein?", wunderte sich Durusan scheinheilig.

„Nicht du, *ich* wäre schwul. Magdalena hat das eben stur und steif behauptet."

„Aha, diese Frage habt ihr also geklärt?"

Durusan begann zu schwitzen, was zum Glück bei dem heißen Wetter nicht auffiel. Er wiegelte ab: „Du kennst ja die Frauen, die setzen sich manchmal ganz absurde Sachen in den Kopf."

„Ich wäre in dich verknallt, sagt sie. Das macht mich echt betroffen. Wieso kommt sie darauf? Na schön, ich lege Wert auf mein Äußeres, doch wirke ich dadurch wie ein Schwuler? Dann sagte sie noch etwas, das ich überhaupt nicht kapiere: Wenn ich *nicht* schwul wäre, dann wäre ich erst recht für sie gestorben. Ich sei ein elender Heuchler. Verstehst du das?"

Mist, dachte Durusan, hoffentlich kam Władysław nie darauf, dass sein bester Freund Magdalena einen Floh ins Ohr gesetzt hatte. Er erklärte: „Da hast du es. Das kann keiner verstehen, das ist weibliche Logik."

„Vielleicht ist es besser, wir treffen uns in Zukunft nicht mehr zu viert."

„Ja, wer weiß, wohin das noch führt", pflichtete ihm Durusan eilig bei.

„In der Tat", sorgte sich Władysław. „Vielleicht kratzt sie Meral gerade die Augen aus. Komm, wir beeilen uns."

Die zwei Frauen waren in eisigem Schweigen zurückgeblieben. Argwöhnisch beobachteten sie einander, sahen sich jedoch nicht in die Augen. Meral saß noch immer im Gras. Schließlich kam Magdalena, die sich nach ihrem Überfall auf Władysław den Schmutz von den Kleidern geklopft hatte, zu ihr. Unvermittelt nahm sie die Unterhaltung auf, denn ihr brannte diese eine Frage auf der Zunge: „Meral, ich bin über Władysław und dich verwundert. Hast du noch nie darüber nachgedacht, dass Władysław schwul sein könnte?"

„Also Magdalena!", erwiderte Meral ohne zu zögern. „Ich bin ja erleichtert, dass du jetzt mit so einer dummen Frage kommst. Ich dachte schon, du wärst derart gegen mich aufgebracht, dass du mir jetzt gleich ins Gesicht springst und wir kein vernünftiges Wort miteinander reden können. Also, ich habe mir ja schon viele Gedanken über Władysław gemacht, aber darüber noch nie. Hast du nicht gesehen, wie verliebt er in mich ist?"

Magdalena musste Meral Recht geben. Sie machte sich etwas vor, wenn sie weiterhin an dieses Märchen glaubte.

„Du hast gehört, worüber er laut nachdenkt", fuhr Meral fort und forschte in Magdalenas Augen. „Er möchte mich heiraten. Dann kannst du dir bestimmt vorstellen, dass ich mir jetzt ganz andere Fragen stelle. Als Türkin habe ich nicht so viele Freiheiten wie du, und ich muss mich bald für den Richtigen entscheiden. Ich bin mir nicht sicher, ob ich eine Mischehe eingehen möchte."

Magdalena war von Merals Offenheit so überrumpelt, dass sie zunächst schwieg.

Meral fragte vorsichtig: „Was würden denn deine Eltern sagen, wenn du Durusan heiraten wolltest?"

Magdalena antwortete nun auch geradewegs: „Ich weiß, dass meine Mutter Durusan nicht mag, weil er nicht katholisch ist", sie unterbrach ihren Satz und dachte nach. „Ehrlich gesagt, du darfst mich jetzt bitte nicht missverstehen, doch die türkischen Sippschaftsverflechtungen sind für mich nicht so einfach durchschaubar und machen mir

Angst." Magdalena kramte nervös ihren Lippenstift und Spiegel aus ihrer Handtasche. Sie setzte den Lippenstift an, hielt vor dem Auftragen noch einmal kurz inne. „Wie stehen deine Eltern zu Władysław?"

Meral antwortete verschmitzt: „Sie reden mir im Moment überhaupt nicht hinein, denn sie ahnen nicht, dass ich einen polnischen Freund habe." Meral zupfte am Gras und riss ein paar Halme ab. Einen langen Grashalm nahm sie zwischen beide Daumen, führte ihn an die Lippen und blies ihn an, so dass er im Luftstrom vibrierte und Töne von sich gab. Nach einem Weilchen fragte sie: „Würdest du einen Mann auch gegen den Willen deiner Eltern heiraten?"

Magdalena hatte sich vermalt und kramte ein Tuch hervor, bevor sie antwortete: „Bei uns in Polen holt man sich das Einverständnis der Eltern ein. Doch wenn ich einen Mann total lieben würde, dann würde ich das riskieren."

„Liebst du denn Durusan total?", fragte Meral neugierig, jedoch auch ein bisschen listig. Sie stocherte nun mit einem härteren Grashalm in ihren Zähnen herum und versuchte möglichst ruhig zu wirken.

Von Magdalena kam keine Antwort. Darum fuhr sie fort: „Wenn ich heirate, dann möchte ich in meinen Mann total verliebt sein, das ist die Hauptsache. Ich möchte im Siebten Himmel schweben, wenn ich mit ihm zusammen bin. Warst du schon im Siebten Himmel mit Durusan?"

„Ich?", Magdalena war betroffen. „Über so etwas redet man doch nicht." Verlegen suchte sie nach unverfänglichen Worten. „Ich kann dir nur eins sagen: Es ist verdammt schwer, genau mit dem Mann ins Bett zu kommen, in den man verliebt ist."

„Das habe ich auch schon gemerkt", stimmte Meral zu. „Ich bin nämlich in deinen Durusan verliebt."

Magdalena war sprachlos. Sie schürzte ihre frisch geschminkten Lippen, ihr Kinn begann zu zittern.

Meral war sich nicht mehr so sicher, ob es richtig war, alles auf eine Karte gesetzt zu haben.

Magdalena zündete sich eine Zigarette an. Es dauerte eine Weile, bis sie endlich gestand: „Und ich liebe Władysław, diesen versoffenen Flegel."

Meral verbarg ihr Gesicht in den Händen. Zwischen den Fingern lugte sie hervor und zwinkerte: „Er trinkt nicht mehr so viel."

Magdalena starrte über sie hinweg zum Damm, wo die Männer mit dem Eis kamen. Warum sollte Władysław seine Meinung ändern, und sie auf einmal doch noch lieben?

DAS DESASTER / Das Picknick bei der Silberpappel lag nur vier Wochen zurück, doch jetzt war das Wetter für dieses Jahr endgültig umgeschlagen, es war herbstlich kalt und windig. Durusan dachte oft besorgt an diesen Nachmittag zurück, denn es war überhaupt nicht Magdalenas Art, über solch ein Desaster kein einziges Wort mehr zu verlieren. Nur einmal hatte sie wegen Władysław gefrotzelt: „Władysławs Neigungen stecken doch voller Wunder." Und dann hatte sich ein spitzfindiges Gespräch entwickelt, das Magdalena umso mehr genoss, je mehr es Durusan verwirrte. „Du und Meral, ihr kennt euren gemeinsamen Freund nicht richtig. Er ist nicht nur bi", bei diesem Wort hatte Magdalena eine Pause eingelegt, die Durusan zu einer Antwort herausfordern sollte. „Es steht noch viel schlimmer mit ihm." „Was soll das denn heißen?" „Er tanzt euch beiden auf der Nase herum. Er ist dabei, sich einen Harem anzulegen. Ich habe ihn mit einer Frau im Herschelbad schmusen gesehen." Dann kam eine vorzügliche Beschreibung, die genau auf Silke, die Sekretärin des Bereichsleiters, passte.

Durch eines der Werkhallenfenster fiel die bleiche Spätherbstsonne auf Durusans Computer, und er drehte den Bildschirm in den Schatten. Vielleicht war das der Grund, weshalb Władysław so oft ohne ihn zu Silke ging? Durusan war auf der Frühschicht und gerade vom Frühstück aus dem

Pausenraum zurückgekehrt. Sollte er beim Mittagessen in der Kantine seinen Freund darauf ansprechen? Es gefiel ihm nicht, dass Władysław ein Geheimnis vor ihm hatte und Meral womöglich betrog.

Jedoch schwieg Durusan auch heute.

Sie arbeiteten schon wieder einige Stunden, da sagte Władysław, er müsse in die Umkleide zu den Spinden, um etwas zu holen. Durusan überlegte, ob das nur ein Vorwand war, damit er wieder zu Silke gehen könne.

Doch Władysław schwankte alsbald zurück in die Halle, taumelte an Durusans Arbeitsplatz und hielt ihm sein Handy hin. Er hatte eine SMS bekommen.

Durusan las: „Schrecklich. Was soll ich tun? Ich nehme mir das Leben. Meral."

Władysław stieß gurgelnd hervor: „Ich muss Meral auf der Stelle heiraten! Wie soll ich das bewerkstelligen? Meral sieht schwarz. Gewiss schwebt sie in Lebensgefahr, weil ihr Vater die Familienehre beschmutzt findet."

Durusan verstand nicht, worum es ging und rüttelte ihn. „Was ist los?"

„Vielleicht hat der Verrückte schon das Messer gegen Meral erhoben, und sie liegt blutüberströmt auf den Küchenfliesen", hechelte Władysław aufgeregt wie ein Fisch auf dem Trockenen, wurde fahl und fiel ohnmächtig zu Boden. Im Notfallzimmer kam er wieder zu sich und war froh, dass Durusan bei ihm war.

Władysław hatte eine Atemmaske auf. Er riss sie weg, richtete sich auf und presste hervor: „Du musst sofort zu Meral fahren und nachsehen, ob sie noch lebt!"

Durusan war ungehalten: „Was ist überhaupt passiert?"

„Ich werde Vater", röchelte Władysław. Er verdrehte die Augen, denn in seinem Inneren lief ein Albtraum ab: Merals erboster Vater saß auf einem schwarzen Motorrad in einer weißen Pilgerkutte. Hinter ihm fuhr der männliche Teil der Großfamilie, ebenfalls auf Motorrädern in Kutten, die im Wind flatterten. Sie schwangen Dolche und Krummsäbel

und hetzten ihn wie bei einer Treibjagd auf die Kurpfalzbrücke. Dort trat ihm ein weißbärtiger Riese, der in jeder
Hand ein Messer hielt, drohend in den Weg. Władysław
sank vor ihm auf die Knie und bat ihn um sein Leben, doch
er schüttelte sein mächtiges Haupt. Der finstere Kämpfer
holte aus und erstach Władysław ohne Mitleid.

Władysław schrie kurz auf. Der Werksarzt drückte ihn in
die Kissen und gab ihm eine Beruhigungsspritze.

„Władysław, mein Kumpel, du musst zu Merals Vater
gehen. Du bist doch schlagfertig und bestimmt gleich wieder fit."

Jedoch Władysław klagte, indem er, flach auf der Pritsche
liegend, mit steif ausgestrecktem Arm nur die Hand ab-
wehrend aufrichtete: „Ich kann nicht selbst hingehen."

„Und warum nicht?"

„Durusan, mein Freund, bitte versteh mich nicht falsch,
aber ich habe Angst vor Merals Vater."

„Es ist in Deutschland üblich, seine Angelegenheiten selbst
zu regeln!" wehrte sich Durusan dagegen, wieder an Stelle
seines Kumpels zu gehen. Doch sein Freund bat inständig:

„Bitte lass mich nicht im Stich!"

Schließlich fuhr Durusan also in die Neckarstadt und klingelte bei Meral. Ihre Mutter öffnete ohne Hast oder Gereiztheit die Wohnungstür. Von Merals Schwangerschaft schien
sie noch nichts zu wissen. Sie freute sich, als sie Durusan sah.

„Wie geht es Meral?", fragte er.

„Sie weint seit gestern", sagte die Mutter betrübt, wir
wissen nicht, warum."

„Machen Sie sich keine Sorgen", beschwichtigte sie
Durusan. „Kann ich sie besuchen?"

Die Mutter führte ihn zu ihrem Zimmer. Meral, die vom
Weinen rote Augen hatte, ließ ihn herein. Sie warf sich in
seine Arme, als die Tür wieder zu war, und schluchzte zum
Herzerweichen. Es war eine zarte Regung Durusans, ihr
über den Kopf zu streichen, um sie zu beruhigen. Doch
Meral schluchzte nur noch mehr.

Er war so ganz anders als Władysław. Sie fühlte, wie sehr sie Durusan eigentlich liebte.

„Du darfst dir nichts antun, kleine Meral", versuchte er sie zu beruhigen. „Władysław wird mit deinem Vater reden. Der wird euch schon nicht die Rübe runtermachen."

„Durusan", seufzte Meral immer wieder. „Wenn du nur wüsstest!"

„Wenn ich was wüsste?"

Meral sah ihn mit tränenverschleierten Augen nur stumm an. Doch dann kam ein Schimmern in ihren Blick, ein entschlossener, berechnender Ausdruck, den er nicht zu deuten wusste und der ihm Angst einjagte.

Das Deckenlicht flackerte am Abend in Władysławs Küche. Sie tranken einen Kaffee nach dem anderen. Durusan schilderte Władysław diesen Blick.

„Sie ist verzweifelt. Die Eltern wissen noch nichts. Meral braucht Beistand. Vielleicht tut sie sich wirklich etwas an. Sie hat so entschlossen geguckt, als habe sie einen entsetzlichen Plan. In ihren Augen hat es eiskalt gefunkelt."

Was Durusan sagte, deckte sich mit den Kurzmitteilungen, die Władysław auf seinem Handy ständig empfing. Die letzte hieß: „Er wird mich erschlagen. Meine arme Mutter kriegt alles ab, weil sie mich ausgehen ließ. Was sollen wir machen? M."

Władysław meinte bestürzt: „Soll ich sie nach Polen entführen? Das wäre die Lösung!"

„Was ist das für eine Zukunft, immer nur davonlaufen?", kritisierte Durusan aufgeregt. „Ihr müsst das zusammen mit den Eltern regeln."

Da surrte schon wieder das Handy. Władysław las die neue Kurzmitteilung: „Er wird mich in der Türkei mit einem Cousin verheiraten. Ich will das nicht. Frag Durusan, ob er mich heiratet. Das ist die Lösung. M."

Władysław warf vor Schreck das Handy von sich.

„Lebt sie noch?", rief Durusan hastig.

Władysław sah seinen Freund mit aufgerissenen Augen an.

„Sie ist verrückt geworden." Dann versuchte er das fortgeworfene Handy wieder an sich zu bringen, denn er wollte die ungeheuerliche SMS löschen. Doch Durusan fand das Handy schneller und las mit Entsetzen Merals Botschaft ebenfalls. „Kumpel", versuchte er mehr sich selbst als Władysław zu beruhigen. „Ich verstehe ja, dass Meral in einer schweren Krise steckt und deine und meine Hilfe braucht. Aber das geht doch ein bisschen zu weit. Habt ihr schon einmal an eine Abtreibung gedacht?"

„Das ist ausgeschlossen. Mein Kind soll leben!", empörte sich Władysław. „Ich war glücklich mit ihr, jetzt will ich ihr und meinem Kind auch die Stange halten." Mutlos fügte er hinzu: „Sie ist ein Engel, ein völlig verzweifelter Engel, sonst würde sie doch nicht auf die absonderliche Idee kommen, dich heiraten zu wollen, nur weil du der nächstbeste Türke bist. Sie muss wegen ihres Vaters wirklich in größter Not sein! Stell dir doch mal vor, sie wäre wirklich weg!"

Durusan verlor die Fassung und wurde böse: „Mann, der Nächstbeste bist du selbst! Sie lebt in der Neckarstadt und nicht bei durchgeknallten Islamisten!"

„Ich weiß, es klingt unglaublich, doch ich liebe Meral so sehr, dass ich ihr jeden Wunsch erfüllen würde. Wir dürfen ihren Vorschlag nicht so einfach abtun."

„Du hast es vielleicht eilig, deine geschwängerte Braut loszuwerden!"

„Du hast doch selbst gesagt, sie hätte diesen wilden Blick! Ist ihre Familie jetzt strenggläubig oder nicht?"

„Im Allgemeinen bringt ein Sunnit, der gerade eben von Mekka zurückkommt, nicht im nächsten Moment seine Tochter um. Mach also mal einen Punkt. Und du weißt so gut wie ich, dass ihr Vater schon seit zwanzig Jahren im Handelshafen arbeitet!"

„Und wenn er ein Psychopath ist?"

„Er wird ihr und deinem Kind schon nicht die Rübe runtermachen."

„Bitte, mein Freund, Meral hat Recht."

„Schwangere Männer sind anscheinend genauso wenig zurechnungsfähig wie schwangere Frauen." Durusan redete sich weiter in Rage. „Kumpel, zuerst passt du nicht auf und dann bist du ein Feigling!"

„Bitte, werde im Namen von Meral zum Vater meines Kindes", die Tränen liefen Władysław über das Gesicht. „Ich liebe sie, und wenn du sie heiratest, dann werde ich dir das nie vergessen." Er umarmte seinen Freund.

„Du bist doch verrückt!"

Durusan verließ die Wohnung mit knallender Tür. Władysław stürzte ihm hinterher, rannte die Treppen hinunter und holte ihn ein.

„Bitte, Durusan. Lass dein Herz erweichen! Meral ist verzweifelt, ich hab ihr Leben von heute auf morgen verpfuscht. Sie hat Angst, ich hab auch Angst um sie, und nur du kannst uns helfen, nur du kannst ihr Leben wieder in Ordnung bringen und verhindern, dass ihr Vater sie morgen oder übermorgen in die Türkei schafft."

DIE ENTSCHEIDUNG / Merals Eltern hatten ihr verboten, aus dem Haus zu gehen, weil sie glaubten, sie sei krank geworden. Nach drei Tagen hatte Meral sich jedoch soweit durchgesetzt, dass sie trotz ihrer rot unterlaufenen Augen wieder arbeiten ging und auf der Schrubbmaschine langsam durch die Halle fuhr. Kam sie an Durusan vorbei, sah sie ihn mit einem todtraurigen, stillen Vorwurf an, immer wieder. Sie blickte auf ihn, ihren Retter, der sie möglicherweise schmählich im Stich lassen würde.

Der Kummer auf ihrem fahlen Gesicht bedrückte ihn von Tag zu Tag mehr. Ab und zu flossen ihr die Tränen in Bächen über die Wangen. Einmal rief sie ihm hysterisch zu: „Ich wollte doch nur wissen, wie es ist, mich mit einem Mann hinauf in den Himmel zu schwingen, und nun bin ich in dieser schrecklichen Situation."

War Władysław vielleicht doch kein Feigling, sondern ein weitblickender Liebender? Gewiss wäre es eine große Tat der Menschlichkeit, wenn er sie heiratete. Er war nicht in Meral verliebt, jedoch an ihrer sonst so fröhlichen und freundlichen Art gab es nichts auszusetzen. Bald würde man es sehen können, dass sie ein Kind erwartete.

Durusans innere Spannung und seine Gereiztheit steigerten sich mit jedem Tag. Die Zeit der Entscheidung belastete ihn so stark, dass er mit hohem Fieber ins Bett musste. Er träumte unablässig von Merals Kopftüchern und von Władysław, wie er sich grausame Ringkämpfe mit ihrem Vater lieferte.

Als sein Fieber nach Tagen abgeklungen war, hatte er sich dazu durchgerungen, sein Bestes zu versuchen und dem unglücklichen Liebespaar tatsächlich zu helfen.

Ohne sich Meral oder Władysław zu erklären, fuhr er in den Jungbusch, das alte Hafenviertel am Rande der Quadrate. Durusan parkte im Zentrum des Stadtteils bei dem riesigen Kinderspielplatz und ging zur Yavuz-Sultan-Selim-Moschee, die einmal Deutschlands größte Moschee war, um am Freitagsgebet teilzunehmen. An diesem nebeligen Dezembertag war das Gebetshaus wie immer in blaues, grünes und rotes Licht getaucht, das im Dunst diffus streute und deshalb wie auf den Kopf gestellte, farbige Kegel aussah. Das Licht erschien ihm heute Abend gespenstisch kühl. Er ging ins Haus und setzte sich nach einigem Suchen neben Merals Vater, den er von einem Bild her kannte. Er sah in Wirklichkeit liebenswürdiger aus als auf dem Foto, das ihm Władysław aufgedrängt hatte. Beide wuschen ihre Füße an dem großen Marmorbrunnen. Durusan nahm seinen Mut zusammen und begann zögerlich ein Gespräch.

„Guten Abend, ich bin Durusan. Haben Sie nicht eine Tochter, die Meral heißt?"

„Guten Abend." Der Vater sah ihn freundlich erstaunt an und meinte: „Ja, so ist es. Sind Sie nicht der junge Mann, der Meral einmal besucht hat, als ich in Mekka war?"

Durusan hatte erwartet, dass der Vater schon etwas wusste und nickte.

Der Ältere fuhr leutselig fort: „Ich freue mich, dich kennenzulernen. Warum habe ich dich hier denn noch nie gesehen?"

„Ich bin Alevit", antwortete Durusan.

Der Vater betrachtete den modisch angezogenen jungen Mann mit ruhigen Augen. „Du erinnerst mich an Dawud, der im Koran als außergewöhnlich schöner Mann beschrieben wird. Meral redet vom Heiraten. Doch in der letzten Zeit ist sie so traurig. Sie verschweigt uns etwas. Sie weigert sich, mir alles zu erzählen. Da müssen wir Männer die ‚Bitte um das Mädchen' wohl unter uns ausmachen?"

Er zwinkerte Durusan wohlwollend zu.

Durusan begriff, worauf der Vater hinaus wollte, dass er ihm einen Ball zugeworfen hatte. Aber wie sollte er diesen Ball zurückspielen? So sehr lag er mit sich im Widerspruch, ob er auch wirklich das Richtige tat, dass es ihm für ein paar Sekunden die Sprache verschlug.

„Was arbeitest du denn?", fragte der Vater entgegenkommend.

„Ich arbeite Schicht beim Benz wie mein Freund Władysław. Er ist Pole und hat Meral sehr gern. Würden Sie ihrer Tochter erlauben, einen Polen zu heiraten?"

Der Vater sah ihn scharf an. Ein Schatten fiel auf sein Gesicht, er besann sich auf eine Antwort, die er schroff hervorbrachte: „Meine Tochter hat schon immer gesagt, sie wolle nur einen Türken heiraten."

Durusan blieb hartnäckig: „Was würden Sie tun, wenn ein Pole sie heiraten wollte?"

„Das ist eine heikle Frage", die Stimme des Vaters verlor ihren Wohlklang. „Ich weiß mit Bestimmtheit, dass sie einen Türken heiraten möchte, und da werde ich es keinem Polen erlauben, um ihre Hand anzuhalten."

Durusan gab den Versuch auf, seinen Freund ins Spiel zu bringen.

„Was täten sie, wenn ihre Tochter schwanger wäre und deshalb vom Heiraten redet?"

Der Vater zuckte zusammen.

„Was soll das bedeuten? Woher willst du das wissen?"

„Woher werde ich das denn wissen?", antwortete Durusan überlegen. Er sah dem Vater schweigend ins Gesicht und hielt seinem flackernden Blick stand. Der Ältere war jetzt aus der Fassung gebracht, und ein dünnes Lächeln lag auf seinen Lippen.

„Deine Eltern sind bestimmt froh, wenn du eine Türkin heiratest, oder?", fuhr er vorsichtig fort.

Durusan spürte einen Stich in der Herzgegend. Seine Zukunft mit Magdalena war ihm soeben entglitten.

Der Mann erhob sich: „Lass uns nach oben zum Gebet gehen, es wird allmählich Zeit. Und nach dem Gebet, mein Sohn, kommst du mit nach Hause. Dann kannst du Meral fragen. Kommen noch Verwandte oder Freunde von dir mit?"

Durusan schüttelte den Kopf. Er hatte ja mit gar niemandem gesprochen. Seine Eltern wussten nichts von Meral, wie sollte er da schon die *Kleine Verlobung* feiern, bei der beiden Familien das Hochzeitsversprechen bekannt gegeben wird? Er konnte Meral heute Abend auch keinen Ring und keine Kette als Zeichen ihrer Verbindung schenken, weil er nur überlegt hatte, wie Władysław am besten zu helfen sei. An die tausend Äußerlichkeiten, die zu einer türkischen Hochzeit gehörten, hatte er überhaupt noch nicht gedacht.

Als Durusan hinter Merals Vater das warme Wohnzimmer betrat, spiegelten sich im wechselnden und lebhaften Mienenspiel der jungen Frau Fassungslosigkeit und Zweifel. Meral sprang auf, hielt sich jedoch an einer Sessellehne fest.

„Sag' mal, Mädchen", begann der Vater ohne Umschweife. „Du hast hinter meinem Rücken die schlimmste Sache angestellt, die eine Tochter anstellen kann." Meral wurde schreckensfahl. „Aber du hast Glück, dass mir dein Bräutigam gefällt." Er klopfte auf Durusans Rücken und wendete sich an die Mutter: „Das ist der Mann, der unsere Tochter heiraten möchte."

Die Mutter lächelte Durusan zufrieden und wohlwollend zu.

Von dieser Sekunde an blühte Meral wieder auf. Sie fiel voller Freude ihrer sitzenden Mutter um den Hals und dann sogar dem Vater, der jetzt auch strahlte, als hätte er diese Reaktion bei seiner Tochter herbeigesehnt. Diese familiäre Innigkeit zwischen Vater und Tochter erstaunte Durusan.

Meral näherte sich jetzt auch ihm, ihrem Bräutigam, erleichtert mit einem feinen, gütigen Lächeln.

Durusan gab ihr einen freundschaftlichen Kuss auf die Wange.

In dieser Nacht lag Durusan mit Herzklopfen wach. Er spürte auf seinen Lippen noch den Abdruck von Merals Wange. Ihre milde, sanfte Wärme war nicht zu vergleichen mit der brennenden Hitze, die er bei Magdalenas Berührungen empfand.

Jetzt, wo ihm seine Hochzeit mit Meral unmittelbar vor Augen stand, war ihm klar, dass er auf Magdalenas vergissmeinnichtblaue Augen nicht verzichten mochte. Mit einem Aufschrei der Verzweiflung sprang er aus dem Bett, fuhr in seine Kleider und holte Magdalena kurz nach Mitternacht von ihrer Spätschicht im Maritim ab. Wie ein Wilder raste er mit ihr im Auto durch das überall von Weihnachtslichtern erhellte Mannheim.

Sie landeten zum Schluss im Hotel in der Fressgasse.

In stiller Wut riss er sich die Kleider vom Leib. Er war aufgelöst und wie von Sinnen vor Kummer. Weinend zog er Magdalena an sich, manchmal auch sehr barsch, doch dann wieder verzweifelt zärtlich.

„Was ist denn nur los?" Sie war ärgerlich, als er sich zum soundsovielten Mal mit wirrem Gesichtsausdruck ihr zuwendete. Doch mehr als ein hässliches Lachen, das sich mit dem Keuchen seiner Lust abwechselte, war aus ihm nicht herauszubekommen. Ausgerechnet in dieser Nacht des

Menschenfreundes Święty Mikołaj, also am Nikolaustag, war ihr Liebster rücksichtslos und so lästig wie noch nie. Durusan wollte sich bis in den letzten Winkel seines Körpers verausgaben. In seiner ungeheuren Wut auf Władysław gewann er unerschöpfliche Manneskraft. Für diesen Freund war er wirklich bereit, den größten Fehler seines Lebens zu begehen. Er wollte Magdalena nicht fortlassen, niemals mehr. Er umarmte sie zärtlich und hielt sie an sich gedrückt.

Sie protestierte: „Ich bin müde und will heim!"

Endlich ließ er sie los und brachte sie nach Hause.

Auch der Sex hatte ihm nicht die bleischwere Leere dieser Nacht genommen. Gegen Morgen klingelte er bei Władysław Sturm. Er drang ins Haus ein und trommelte gegen Władysławs Wohnungstür.

„Komm raus, du Hund", schimpfte er und trat gegen die Tür. „Ich hol dich aus dem Bett und verprügele dich!"

Doch Władysław antwortete nicht.

„Du Feigling!", schrie Durusan so laut er konnte und nahm den Finger nicht mehr von der Klingel.

Da kam eine Frau die Treppe herunter und fragte zaghaft: „Durusan? Was machst du da vor dieser Tür?"

„Und du? Warum bist du denn hier?", fragte er wütend zurück.

„Ich habe Władysław besucht", sagte Silke. „Er braucht in seiner schweren Situation meinen Trost."

„So, so! Und ich hole ihm die Kohlen aus dem Feuer. Wo ist der Feigling jetzt?" Durusan trat wieder gegen die Tür.

„Ein Stockwerk höher", antwortete sie vorsichtig.

Durusan sah sich genauer um und erkannte seinen Irrtum. Er hatte im vierten Stockwerk anstatt im fünften randaliert. Da erschien auch Władysław auf der Treppe. Durusan rannte mit erhobener Faust auf ihn zu. Jedoch fing er sich vor dem vernichtenden Schlag im letzten Moment und stieß nur einen Schrei aus. So durfte Władysławs und seine eigene Zukunft nicht aussehen. Sie konnten sich nicht jeden Tag bei der Arbeit verprügeln. Er drückte seine vor Kraft bebende Schlagfaust in die hohle andere Hand, damit sie nicht doch noch ausfuhr. Ohne ein weiteres Wort zu sagen lief Durusan weg und ließ die beiden Freunde ratlos auf der Treppe stehen.

Er setzte sich wieder in sein Auto, raste durch die im Weihnachtsglanz strahlende Innenstadt hinaus in den dunklen Käfertaler Wald. Hier wollte er sich zum Abkühlen in voller Montur in das Kneippsche Wasserbecken werfen, doch das Wasser wurde im Winter abgelassen. Da rannte er im klaren Schein des vollen Mondes mehrmals um das riesige Bison-Wildgehege. Jedes Mal, wenn er an der Ecke mit den umzäunten Wildschweinen vorbei kam, schrie er sie an, bis sie durcheinander grunzten. Schließlich kam er zur Ruhe im Angesicht eines großäugigen Uhus, dem in seiner Voliere bei Tagesanbruch vor Müdigkeit die glasigen Augen zufielen. Durusan blickte langsam um sich. Der Kiefernwald, der in der Morgendämmerung würzig duftete, ragte in den grauen Himmel. Durusan hatte sich völlig verausgabt. Wenn er noch einen Funken Verstand hatte, durfte er sein Schicksal nicht durch Groll vergiften, sondern musste tapfer in dieser Komödie seines neuen Lebens mitspielen. Vielleicht mochten ihn diese seltsamen Umstände zu einer Frau führen, die ihm eines fernen Tages als großes Glück erschien. Erst in diesem Zustand der Erkenntnis ging es ihm besser, und er fiel zuhause todmüde in einen Schlaf, der vierundzwanzig Stunden dauerte.

Als er aufwachte, fühlte er sich wieder wie ein dummer Esel.

DER TÜRKISCHE BRÄUTIGAM / Durusans Eltern kamen gar nicht richtig zum Nachdenken. Kaum hatte ihnen ihr mittlerer Sohn eröffnet, heiraten zu wollen, da mussten sie schon eine Wohnung für das junge Paar suchen und mit Merals Eltern verhandeln, was er seiner Braut bei der

Hochzeitsfeier schenken sollte. Meral wünschte sich in ihrer Küche einen Balkon, im Wohnzimmer eine riesige Wohnlandschaft, im Schlafzimmer einen begehbaren Kleiderschrank und für das Kinderzimmer eine hängende Wiege. Auch die Wandfarben, die Fußböden und die Gardinen sollten, wie das üblich ist, Merals Geschmack treffen. Obendrein wollte sie noch eine elektronische Nähmaschine, die sie sich schon so lange wünschte. Durusans gesamte Ersparnisse und noch mehr würden aufgebraucht werden.

Nebenbei starteten die Festlichkeiten. Nach dem höchsten Fest in der islamischen Welt, dem viertägigen Opferfest *kurban-bayramı,* das in diesem Jahr zufällig mit dem Jahreswechsel zusammenfiel, fanden sich Durusans Verwandte zuhause bei Meral für die Verlobungsfeier ein. Durusan überreichte Meral nach türkischer Sitte den goldenen Ring und die goldene Kette. Von den versammelten Gästen beider Familien erhielten die Brautleute Goldschmuck und Geldscheine.

Władysław schenkte Meral zur Verlobung eine Riesenbrosche aus purem Gold, die die Sonne darstellte.

Meral war nun im vierten Monat schwanger und Władysław mit großen Augen für ihren wachsenden Bauch beim Einrichten der Wohnung ganz vorne mit dabei. Es dauerte nicht lange und er gehörte hinsichtlich der Hausstandsvorbereitungen zu Durusans Familie. Man freute sich über seine Gewissenhaftigkeit, denn er schien begriffen zu haben, dass man einer türkischen Braut alles recht zu machen hatte. Er befreundete sich mit Durusans Brüdern, die Urlaubstage opferten, damit sie beim Renovieren der neuen Wohnung und beim Aufstellen der Möbel mithelfen konnten. Er fragte Meral tausendmal, wie sie etwas haben wollte, tauschte unzählige Sachen um, bis auch der letzte Kleiderbügel nach Merals Geschmack war.

Władysław trieb es so toll, dass ihn die Brüder aufzogen, er vergäße wohl, dass nicht er, sondern Durusan der Bräutigam sei.

Władysław dachte auch an die Fahnen für den Hochzeitstag. Eine türkische Fahne zu kaufen, die etwa einen Meter lang war, war keine Kunst gewesen und auch ein kleines polnisches Fähnchen konnte er leicht erwerben. Jedoch kam er an keine passende Mannheimer Stadtfahne heran. Überall gab es bloß eine riesige Standardgröße, deren Länge wohl danach bemessen war, dass sie am Wasserturm nicht zu klein aussah. Auch eine Anfrage Władysławs im Maritim, ob diese eine gute Bezugsquelle für kleine Fahnen wüssten, ein Anruf, den er aus Unbehagen gegenüber Magdalena selbst tätigte, brachte keine neuen Erkenntnisse. So erbat er sich von Meral, heimlich eine in der Größe passende Mannheim-Fahne zu nähen, was sie auch gerne tat.

Der Bräutigam fand die Heiratseuphorie, in der Władysław und Meral und die beiden Großfamilien schwelgten, unerträglich. Sämtliche Festvorbereitungen ließen ihn kalt. Letztendlich war seinem schwankenden Gemüt auch alles egal. Einmal kam ihm der bittere Gedanke, er würde ohne sein Zutun verheiratet wie bei einer Zwangsheirat.

Er hatte sich verändert, war oft gereizt. Die Familie sah ihm das nach, deutete es als Nervosität vor seinem neuen Lebensabschnitt. Meral und Władysław versuchten erst gar nicht, ihn aufzumuntern. Vor lauter Erledigungen hatten sie überhaupt kein Gespür dafür, was sie Durusan überhaupt zumuteten.

So joggte er über die Käfertaler, Wallstädter oder Seckenheimer Felder, brauste im Dunkeln mit dem Fahrrad am Neckar entlang nach Ladenburg, Heidelberg und bis in den Odenwald, oder er setzte bei Altrip mit der Fähre über den Rhein, um auf der Pfälzer Seite nach Speyer zu rasen. Um seine Trübsal zu verscheuchen, stand er sogar an einem Morgen gegen vier Uhr nassgeschwitzt vor dem Wormser Dom. Er rannte vor sich selbst weg und vor allem vor einer Zukunft ohne Magdalena. Auf der Rückfahrt von Worms dachte er mit Scham und Wehmut daran, dass er sie bald verlassen musste. Im Grunde war er ein Schuft, der sie ausnutzte, denn er hatte ihr von der bevorstehenden Heirat und den ganzen Umständen darum herum noch nichts gesagt. Wenn sie sich liebten, fühlte er sich wie ein Jammerlappen, der ohne sie nicht weiterleben konnte. Er verfluchte den Tag, an dem er sich von ihren Augen und ihrem blonden Haar loszureißen hatte und war doch schon meilenweit von ihr entfernt.

Seit zwanzig Minuten wartete Magdalena an der Pforte des Maritims unter der von Säulen getragenen Überdachung. Ihre Füße waren eiskalt geworden, es fiel ein nasskalter Januarregen, und Durusan hatte sie vergessen, obwohl sie sich jeden zweiten Mittwochnachmittag hier trafen. Auch sonst unternahmen sie nicht mehr so viel wie früher. Sein Handy war aus. Sie fuhr mit der nächsten Straßenbahn zum Hauptbahnhof, ging unter den vielen Bahnsteigen hindurch zum Lindenhof. Dann lief sie unter den kahlen Platanen am Victoriahochhaus vorbei nach Hause.

Er hatte sich verändert. Er entglitt ihr.

Das war ihr gerade recht, denn seit dem Picknick an der Silberpappel und vor allem nach diesem schrecklichen Nikolaustag war sie ernüchtert und kurz davor, ihm die Trennung mitzuteilen. Seit fünf oder sechs Wochen ging er nur noch schroff mit ihr um oder brütete vor sich hin. Seine Zärtlichkeiten und Aufmerksamkeiten, die ihr das Leben bisher versüßten, wo waren sie geblieben?

Jedoch heute hätte sie ihn wirklich gerne getroffen, denn sie wollte ihm sagen, dass sie in der Mittagspause einen Schwangerschaftstest gekauft hatte, den sie in seinem Beisein machen wollte. In ihrem Zimmer packte sie ihn aus. Ausgerechnet im letzten Zyklus hatte sie zweimal die Pille vergessen. Hoffentlich war nichts passiert in dieser rasenden Nikolausnacht. Mit dem Test getraute sie sich eine ganze Weile nicht ins Bad. ‚Heilige Jungfrau Maryja!' Sie sah auf das Stäbchen, ein Schock fuhr ihr durch alle Glieder. ‚Meine Mutter, hat wohl versäumt, sich das Kind von der richtigen Tochter zu wünschen.' Und dann schloss sie sich auf ihrem

Zimmer ein, warf sich auf ihr Bett und schluchzte: „Was hab ich nur getan, dass mich dieses große Pech trifft? Jetzt bin ich an Durusan gekettet, obwohl ich ihn nicht mehr mag."

Zwei Tage lang rasten ihre Gedanken im Kreis, sie trug ihr schweres Geheimnis allein mit sich herum. Hätte sie doch nur Merals Handynummer gehabt, dann hätte sie sich wenigstens mit ihr austauschen können.

Dann fuhren ihre Eltern nach Köln auf Besuch zu ihrer Schwester. Magdalena setzte alle Hebel in Bewegung, Durusan zu erreichen. Sie bestand darauf, dass er bei ihr zuhause vorbei kam. Im Esszimmer eröffnete sie ihm umstandslos:

„Ich bin schwanger."

Durusan wurde aschfahl.

„Wenn meine superkatholische Mutter das erfährt, muss ich dich heiraten. Möchtest du mich heiraten?"

Durusan schwieg finster.

„Das wirft kein gutes Licht auf dich", sagte Magdalena beklommen.

Durusans Augen wurden nass.

„Ich liebe dich", stammelte er. „Ja, ich möchte dich gerne heiraten. Nichts täte ich lieber, das musst du mir glauben", Durusan setzte sich an den Tisch und vergrub den Kopf in den Armen. „Aber ich kann nicht, ich muss eine Türkin heiraten!"

„So, so, das mit ‚einer Türkin' ist ja eine feine Ausrede! Daran kann ich ohne Weiteres ermessen, wie wenig ich dir die ganze Zeit über bedeutet habe. Wie soll ich nun unser Kind großziehen? Ohne Mann?"

Magdalenas Stimme überschlug sich vorwurfsvoll.

„Ich werde für dich sorgen, auch wenn ich dich wie ein Schuft im Stich lassen muss", er schlug mit den Fäusten auf den Tisch.

Magdalena wollte sich solche Widersprüche gar nicht erst anhören, sein *Nein* war und blieb nur ein *Nein* für sie. Doch auch sie war zerrissen und wusste nicht mehr weiter. In einem Anflug großer Hilflosigkeit fluchte sie grimmig: „Gäbe es doch noch das sozialistische Polen, dann bräuchte ich mich nicht zu sorgen, ob ein Mann sich für sein Kind verantwortlich fühlt oder nicht. Hau ab", schrie sie beleidigt.

„Nein, ich bleibe bei dir und dem Kind. Ich freue mich auf das Kind. Ich bin glücklich. Ich bringe alles in Ordnung." Wie angewurzelt blieb er sitzen.

Er hatte wieder diese Grüblerfalten, die ihn seit Wochen entstellten und hässlich machten. Seine Nase war hochgezogen, als sei er angewidert, die Mundwinkel dagegen nach unten gebogen. Auch die dunklen Augenbrauen, die fast aneinander stießen, machten einen finsteren Eindruck. Magdalena bekam es mit der Angst zu tun.

Unerwartet erhob er sich und umarmte sie stürmisch.

„Ich werde dich niemals verlassen."

Ein Damm brach, und Tränen stürzten über seine Backen.

„Du redest Unsinn", sagte sie leise in ihre Angst hinein. „Du wärst nicht der erste, der Tränenschwüre bricht."

Er sah sie mit glasigen Augen an und begann sie zu küssen. Sie versuchte zunächst, seinen unersättlichen Küssen auszuweichen und sich aus seinen Armen herauszuwinden, aber es gelang ihr nicht. Sie deutete diese leidenschaftliche Unbeherrschtheit als den Beginn eines Wahns und machte sich in seinen Armen steif wie ein Brett. Da hielt er inne und küsste sie nun zärtlich. Das verstörte Magdalena noch mehr. Er bemerkte es und ließ sie frei. Sie wollte ihn von sich stoßen, setzte sich dann aber nur auf einen Stuhl.

Sogleich kniete er vor ihr nieder und vergrub sein Gesicht in ihren Schoß. Er küsste ihren Bauch und murmelte vielleicht zehn Minuten voller Inbrunst immer wieder: „Mein Kind! Mein Kind."

Diese Anhänglichkeit war ihr noch unheimlicher.

Als er aufsprang und nach einem kurzangebundenen Abschied aus der Wohnung verschwand, wirkte er wieder völlig anders, unerklärlich ruhig, und wie mit sich im Reinen. Magdalena fand, er verließe sie geradezu widersinnig erleichtert. Sie wollte sich nicht ausmalen, wozu er imstande

war. Sie war sich ziemlich sicher, dass er jetzt völlig überge-
schnappt war.

„Władysław, mein unseliger Kumpel, Allah sei dir
gnädig", fauchte Durusan, als beide an diesem Abend bei
der Nachtschicht im Hof frische Luft schnappten. Sein Atem
schoss wegen der Kälte als dichte Rauchwolke aus seinem
Rachen, als sei er ein Feuer spuckender Drache.

„Siehst du die Mondsichel da oben hinter der Werkhalle?
Die *hilal* ist das Zeichen des Islams, das weißt du doch?"

Władysław wunderte sich über seinen Freund.

Durusan fuhr unbeeindruckt von Władysławs Schweigen
fort. „Du bist ein zügelloser Lüstling. Du hast eine Muslima
geschwängert und stehst nicht dazu. Ein wirklich gutes
Mädchen hast du aufgespießt, und du drückst dich darum,
sie zu heiraten."

Mit einer donnernden Prophetenstimme erschreckte er
Władysław nun vollends: „Und wegen so einem Schlapp-
schwanz wie dir muss ich auf meine Liebe zu Magdalena
verzichten. Meine unendliche, kosmische Liebe zu Magdalena ist dir schnuppe! Schnuppe! Ist dir klar, was das für
mich bedeutet? Du galaktische Niete!"

Władysław trat aufgeregt von einem Bein aufs andere
und bat: „Mein lieber Freund. Ich kann deinen Ärger ja
verstehen. Es ist ein überirdischer Freundschaftsdienst, den
du Meral und mir erweist. Doch was sollen wir denn tun?"

„Kannst du größter Feigling im Universum dir eigentlich
vorstellen, dass ich dich und Meral auch im Stich lassen
könnte, weil ich es mir anders überlegt habe, und ich selbst
jetzt noch meine eigenen Wege gehen könnte?"

Durusan hob eine Augenbraue und musterte Władysław
mit durchdringendem Blick.

Władysław erschrak und protestierte kleinlaut: „Mein
lieber, edler Freund, bitte verstehe mich doch, du darfst uns
nicht im Stich lassen."

Durusan brüllte: „Du kannst dir nicht vorstellen, wie oft
ich Hackfleisch aus dir machen möchte. Ich soll ein Leben

lang meinen Kopf für dich hinhalten, nur weil du mein Freund bist? Ist das alles? Warum löffelst du deine Suppe nicht selbst aus?"

Władysław duckte sich. „Ach Durusan, mein geschätzter Freund. Von Anfang bis zum Ende ist alles doch nur aufgrund einer Verkettung von unglücklichen Umständen passiert, für die niemand etwas kann. Wenn ich doch nur wüsste, wie ich das jemals wieder gut machen kann, was du für mich tust, so viel Großzügigkeit kann man doch ein Leben lang nicht vergelten", jammerte Władysław.

„Vergeltung, ja, das ist ein guter Ansatz. Ich möchte Vergeltung, unbarmherzige Vergeltung, mein über alle Maßen mitfühlender, aber ach so selbstsüchtiger Kumpel Władysław", höhnte Durusan lauthals und dirigierte ihn in eine dunkle Ecke. „Vergeltung!"

Władysław zitterte am ganzen Leib, als er Durusans geschlossene Fäuste über sich sah. Er hob seine Arme schützend über den Kopf und sank in die Hocke. Jetzt war es also so weit, jetzt würde er diese seit langem gefürchtete Tracht unchristlicher Prügel beziehen. Durusan drückte ihm die Arme herunter, baute sich über ihm auf und schüttelte den Hockenden am Kragen: „Da gibt es nämlich bei Magdalena auch eine Verkettung von Umständen, die ihr den Mann rauben. Bei Allah, wenn du ein anständiger Kerl bist, dann rate ich dir, dein Leben lang auf *mein* Kind aufzupassen. Habe ich mich klar und deutlich ausgedrückt?"

Er zog Władysław mit einem kräftigen Schwung am Kragen wieder auf die Beine und hielt ihn fest. Władysławs Augen weiteten sich, der Mund stand ihm offen.

„Du wirst auch Papa?", gurgelte er.

Durusan nickte und ließ den Kragen mit einer verächtlichen Bewegung los. Dann schnippte er mit den Fingern und lief prahlerisch pfeifend davon. Schließlich drehte er sich nochmals zu Władysław um und deutete seelenruhig mit dem Finger von seinem Freund, der immer noch geduckt dastand, hinauf zu dem sichelförmigen Mond.

„Allah meint es gut mit dir. Kumpel, entspann dich, du leistest jetzt deine Vergeltung. Du wirst auch bald heiraten. Und die polnische Flagge für *deine* Hochzeit mit Magdalena werde ich dann besorgen!"

Władysław kratzte sich am Kopf.

„Du blöder Hund!", rief er ihm nach und deutete in den Nachthimmel. „Du hast mich mit deinem Gebrülle vom heiligen Krieg-der-Sterne vielleicht erschreckt."

Dann rannte er hinter Durusan her. Sobald er ihn eingeholt hatte, schlug er in die Hand ein, die Durusan ihm nach hinten hinhielt. Wie Schulbuben fassten sie sich fest um die Schultern und schaukelten durch das Neonlicht auf ihre Halle zu. Durusan spürte, dass Władysław noch zitterte.

DIE HIMMLISCHE MUTTER / Die Eltern kamen aus Köln zurück. Wie sollte Magdalena ihnen erklären, dass sie schwanger war und sich ihr türkischer Freund mit ein paar flauen Sprüchen aus dem Staub gemacht hatte? Es war verrückt, ihre Schwester hatte einen Mann und bekam einfach kein Kind. Sie selbst stand ohne Mann da, dafür war das Kind schon unterwegs. Doch bevor Magdalena ihre Eltern auch nur andeutungsweise darüber aufklären konnte, im großen göttlichen Plan hätte die Schwarze Madonna von Częstochowa einen anderen Willen als ihre Mutter, trat ein wohlbekannter Mann völlig unerwartet in ihr Leben wieder ein.

Er drückte sich seit einer Weile an der Bar des Maritims herum und wartete. Unter dem Barhocker hatte er einen dicken Strauß roter Rosen versteckt. Aufgeregt kaute er gewiss schon den fünften Kaugummi. Immer wieder überprüfte er den Sitz seiner Krawatte, und ob sein gestyltes Haar noch richtig lag. Es gab im Leben eines polnischen Mannes Momente, da mussten Etikette und Stil stimmen, da konnte man es keinesfalls darauf ankommen lassen, komisch auszusehen oder ausgelacht zu werden.

Als Magdalena die Bar betrat, sprang er auf. Liebend gern wäre er jetzt davongelaufen, jedoch hatte er Durusan versprochen, das Unmögliche fertigzubringen. Wahrscheinlich würde er trotz seiner gewissenhaften Vorbereitungen von Magdalena gleich wieder hinausgeworfen.

„Hallo Magdalena, ich dachte, ich komme dich mal besuchen." Er lächelte charmant.

Sein Anblick traf sie wie ein Schlag, denn Władysław sah blendend aus. Er trug seinen schicken Anzug wie damals, als sie sich Hals über Kopf in ihn verliebt hatte. Sie kam näher heran. Seine Augen lächelten unentwegt. In seinen Haaren glänzte weich der Schein der Lampe, die auf dem Tresen stand. Seine Krawattennadel blinkte und am Finger trug er einen Herrenring, an dem er etwas nervös herumnestelte.

Sollte sie sich über sein Kommen freuen oder nicht?

„Hallo Władysław, was machst du denn hier? Und dann noch in dieser Robe?"

Władysław reichte ihr die Hand über den Tresen, und als sie zögerlich einschlug, drehte er sie sanft um und führte seinen Mund zu ihrem Handrücken.

„Ich soll dir schöne Grüße von Durusan sagen."

Das Gesicht von Magdalena verdunkelte sich, als sei das Licht ausgeknipst worden. Sie unterbrach den Handkuss abrupt und drehte sich weg. Kein Wort kam mehr aus ihrem Mund. Stumm nahm sie die Bestellungen zweier Gäste entgegen und begann mit dem Mixen eines Chi-Chi und einer Balalaika. Schließlich stellte sie die Gläser schweigend vor die Gäste.

Władysław getraute sich nichts mehr zu sagen, und selbst die anderen Gäste in der Bar verstummten.

Nach beklemmender Pause probierte Władysław einen zweiten Anlauf: „Magdalena, ich bin hier nicht als Durusans Unterhändler. Ich möchte dir schon immer sagen, dass du sehr schön und klug bist, und alle Männer verrückt nach dir sind", bei diesen Worten drückte er einen weiteren Kuss auf seinen eigenen Handrücken und blies ihn über die Theke zu ihr hinüber. „Ich habe dich von Anfang an immer geliebt", presste er hervor und erinnerte sich mit schlechtem Gewissen daran, wie Magdalena ihm die Telefonnummer an ihrem ersten Abend zugesteckt hatte.

Magdalena kam näher, stützte sich auf den Tresen, betrachtete ihn zweifelnd.

„Warum raspelst du auf einmal solches Süßholz? Du hast mich doch von Anfang an nicht gewollt und mich bei jeder Gelegenheit nass gespritzt. Und du lässt mich doch erst recht links liegen, seit du mit dieser bunt betuchten Türkin zusammen bist."

„Ich bin nicht mehr mit Meral zusammen", er holte den riesigen Rosenstrauß hervor, legte ihn auf den Tresen und sagte: „Der ist für dich."

Beim Anblick der Blumen rief sie aufgebracht: „Das darf doch nicht wahr sein! Dann suchst du jetzt gleich das nächste Abenteuer bei mir?"

„Mein Gott, Magdalena, sei doch nicht so halsstarrig. Das mit Meral ist für immer vorbei", klagte er.

„Und warum, bitte schön, auf einmal?", fragte sie misstrauisch.

„Durusan hat sie mir ausgespannt!", stammelte Władysław. „Er ist jetzt mit ihr zusammen. Die beiden planen eine große türkische Hochzeit, und ich kann nichts dagegen machen!"

Magdalena wich zwei Meter zurück, als wäre sie von einem Gespenst gestoßen worden. Sie starrte ihn angeekelt an.

Władysław hielt ihrem eisigen Blick stand.

Doch Magdalena fing sich anscheinend rasch. Sie kam mit schlängelnden Bewegungen wieder auf ihn zu und zischte lakonisch: „Wer hätte das von dieser *Schlampe* gedacht? Diese falsche Schlange hat mir doch glatt meinen Durusan abgejagt."

Władysław war verunsichert.

„Wie redest du da über Meral?"

„Władysław, geh heim mit deinem Blumenstrauß. Ich bin schwanger von Durusan. Du kommst jetzt ungelegen. Ich brauche den Vater meines Kindes!"

„Was, du bist schwanger?", tat Władysław überrascht.

„Erzähle mir lieber nicht, dass du davon nichts weißt!", platzte sie heraus.

Władysław schwitzte. Wie sollte er diese störrische Frau bloß überzeugen? Er musste ihr einen Heiratsantrag machen, das hatte Durusan ihm eingeschärft.

„Ich würde dich gerne heiraten. Wenn du mich willst."

Endlich war es heraus! Er blickte zu Boden, auf das Schachbrettmuster aus rotbraunem und hellem Marmor. Er wartete darauf, dass ihm jeden Moment die Rosen um die Ohren flogen. Doch nichts geschah, Magdalena rührte sich nicht, nur ihre Lippen bewegten sich lautlos.

‚Heilige Jungfrau Maryja!', betete sie still und ungläubig. ‚Habe ich richtig gehört? Du Fürsprecherin der Frauen hast meine Bitte erhört und mir nicht nur einfach einen Mann geschickt, sondern gleich den Richtigen.'

Was in aller Welt hielt sie jetzt noch davon ab, Władysław um den Hals zu fallen?

„Bist du vielleicht betrunken? Weißt du wirklich, was du da sagst?", fragte sie skeptisch.

„Bitte, heirate mich", sagte er zerknirscht, sogar etwas ängstlich. Seine Augenbrauen standen schräg in der gekrausten Stirn, sein Blick war unter den halbgesenkten Lidern verschwunden, als stünde er flehentlich vor einem Heiligenbild. Er holte würdevoll seinen großen Trumpf aus der Jackentasche, ein kleines Kästchen mit dem Verlobungsring, und überreichte ihn Magdalena.

Sie nahm ihn mit großer Verwunderung entgegen, betrachtete ihn und verschwand damit in den Gängen des Hotels, ohne ein Wort zu sagen.

Władysław saß eine ganze Weile wie auf glühenden Kohlen. War ihr Verschwinden ein gutes oder ein schlechtes Zeichen? Als sie wieder erschien, hatte sie ihren Mantel angezogen und die Handtasche dabei. Sie hielt die Hand hoch, an der der Ring glänzte und sagte: „Ich krieg frei, um unsere Verlobung zu feiern. Komm, wir gehen irgendwo hin tanzen!"

„Du willst mich also wirklich haben?"

„Vorausgesetzt, du bist jetzt artig und spritzt mich nie mehr nass, auch nicht ostermontags", lachte sie und hakte sich bei ihm unter.

Władysław führte sie mit stolzen Schritten aus der Bar. Obwohl er einen Kloß im Hals hatte, neckte er sie grinsend: „Soll ich das wirklich versprechen?"

Zu Fuß machten sie sich auf ins Zappato. Das war ein zweistöckiges Lokal mit spanischem Flair im Mannheimer Hauptbahnhof. Sie tanzten ganz ausgelassen und eng umschlungen zu lateinamerikanischen Rhythmen. Alle konnten sehen, dass Magdalena vor Freude nur so überfloss, denn sie küsste ihren Władysław unablässig mitten im Trubel auf der Tanzfläche.

Spät in dieser Nacht kam Magdalena das erste Mal zu Władysław nach Hause. Bei ihm herrschte ein gewaltiges Durcheinander, denn mit einem Besuch von Magdalena hatte er an dem Tag am wenigsten gerechnet. Doch sie wollte die erste Nacht mit ihm anscheinend um keinen Preis der Welt aufschieben. Um sein Chaos zu verbergen, musste er improvisieren. So kam er auf die Idee mit den Kerzen. Die Kerzen waren rund um das Bett aufgestellt und verbreiteten ein schönes Licht. Als Kerzenständer dienten Konservengläser, die er noch nicht zum Altglasbehälter gebracht hatte.

„Ich bin ganz Feuer und Flamme", hauchte sie, zog ihn an sich, umschlang ihn und küsste ihn züngelnd. Wie genoss sie ihr erstes Beisammensein! Alles war so perfekt in dieser Nacht.

Doch ihm verging unter ihren Küssen Hören und Sehen. Er lächelte ihr zu, aber er dachte an Meral.

„Wie war es gestern?", fragte Durusan am nächsten Morgen im Lärm der Montagehalle gespannt, freilich auch etwas eifersüchtig. Er war sofort an Władysławs Arbeitsplatz gelaufen, als dieser eintraf.

„Oh Mann", antwortete Władysław und stellte seine Prüfmaschine an. „Sie ist ganz auf mich versessen. Sie hat mich sofort ins Bett geschleppt. Wir haben unsere erste Nacht gleich hinter uns gebracht."

„Oh Kumpel", Durusan fühlte wieder diesen Stich in der Herzgegend, weil sich Magdalena, die bis eben noch *seine* Freundin war, so schnell an Władysławs Hals geworfen hatte. Er sah zu seiner Maschine hinüber, und lenkte sich mit seinem eigenen Problem ab. „Da sagst du etwas. Ich war mit Meral noch nie zusammen. Ich werde mit meiner Braut eine echte Schleiernacht verbringen. Dass mir so etwas Altmodisches passiert, hätte ich nicht gedacht."

Dann eilte Durusan zu den Spinden und kramte sein Handy heraus. Er wollte hören, wie es Magdalena geht und wissen, ob sie wieder mit ihm sprach.

Der *Tag der Großmutter,* der in Polen am 21. Januar gefeiert wird, kam Magdalena sehr gelegen, um die Eltern mit ihren Heiratsplänen vertraut zu machen. Władysław besuchte Magdalenas Eltern zum ersten Mal. Ihre Mutter war von dem förmlichen Besuch überrascht, nahm den Strauß Blumen von Władysław freundlich erstaunt entgegen. Doch dann sah sie die beiden prüfend an, als ahne sie schon etwas. Magdalena hatte ihr bloß beiläufig erzählt, sie sei nicht mehr mit Durusan zusammen. Die Mutter legte Władysław ein Stück Murzynek-Schokoladenkuchen auf den Teller und lächelte etwas verkrampft. Sie nötigte Władysław zu essen. Władysław verschluckte sich sofort beim ersten Bissen. Er begann zu husten. Es war ihm peinlich. Er zerdrückte seiner ebenso nervösen Braut unter dem Tisch beinahe die Hand. Als er sich beruhigt hatte, war seine Stimme weg, so konnte er sich kaum am Gespräch beteiligen. Die Mutter richtete sich auf und blickte ihre Tochter fragend an.

Magdalena fühlte sich in diesem unglücklichen Moment aufgefordert, etwas zu erklären: „Die Muttergottes von

Częstochowa hat in unser Leben eingegriffen. Ich liebe Władysław schon immer, endlich hat er zu mir gefunden."

Władysław sah sich gezwungen, aus dem Stand heraus seine Heiratsabsichten vorzubringen. Röchelnd sagte er: „Magdalena und ich möchten gerne heiraten."

Das schleppend in Gang gekommene Gespräch endete gleich wieder mit Magdalenas Stammeln: „Mama, der Himmel hat dein Gebet erhört, du wirst demnächst Oma."

Ihre Mutter zuckte. Die cremige Ciasto Krówka, die sie für ihren Mann zubereitet hatte, fiel auf die Tischdecke und lag unförmig da. Die Mutter zeigte nun kein fragendes, sondern ein versteinertes Gesicht. Ihr Mund bewegte sich kaum merklich, als sie ihren Mann anfauchte: „Das ist typisch! Hätte ich doch niemals in diese gottlose Familie geheiratet."

Der Vater achtete gar nicht auf seine Frau, er lachte Władysław an und schlug vor Freude auf den Tisch. Es beglückte ihn offensichtlich, dass seine jüngste Tochter schwanger war und heiraten wollte. Er holte die Gläschen und den Wodka aus dem Schrank.

„Magdalena, schön, dass du eine Wahl getroffen hast. Ich hoffe, ihr werdet glücklich. Nun, der Brautvater hat die Pflicht, für die Hochzeitsflaschen die Wodka-Etiketten drucken zu lassen", sagte er fröhlich. „Diese Pflicht werde ich mir nicht nehmen lassen. Setz dich wieder zu uns, *Großmutter*, du hast heute etwas zu feiern."

„Als ob es immer nur auf das Feiern ankäme. Da bist du wie deine Großmutter, die auch bloß *Feiern* im Kopf hat. Wir sollten jetzt zur Kirche gehen und am Altar der Jungfrau Maryja für Magdalena und ihr Kind eine Kerze anzünden."

Sie nahm ihrem Mann die Flasche aus der Hand: „An das Baby denkst du nicht. Du bist unverbesserlich."

Er hob das bereits gefüllte Gläschen vergnügt in Richtung des jungen Paares. Beide prosteten ihm erleichtert zu.

„Das Kindchen kann auch noch morgen seine Kerze bekommen. Jetzt sollten wir auf ein Engelchen mit Löckchen trinken, denn in unserer Familie gibt es … auch Teufelchen."

Mit diesen Worten hob er seiner Frau spöttisch das Glas entgegen. Ein böser Blick traf ihn, doch er lachte und kippte seinen Wodka herunter.

Władysław betrachtete seine künftigen Schwiegereltern benommen. Er konzentrierte sich wieder auf den Kuchen und fragte sich, ob seine Beziehung zu Magdalena in fünfundzwanzig Jahren der Ehe ihrer Eltern ähneln würde.

Fieberhaft übertönte Magdalenas Mutter ihren Mann: „Die Hochzeit muss so schnell wie möglich stattfinden, damit der Bauch der Braut nicht unter dem Hochzeitskleid auftaucht. Ihr geht noch diese Woche zum Pfarrer."

Władysław wurde es schwindelig. „Wir stellen gleich die Liste zusammen, wer alles eingeladen werden muss."

FORMALITÄTEN / Weder Durusan und Meral noch Władysław und Magdalena hatten geglaubt, dass die Vorbereitungen für die standesamtliche Trauung so glatt gehen könnten. Ruckzuck hatten alle ihre Papiere zusammen. Bald darauf schon chauffierte Władysław alle in einer schweren, weißen Luxuslimousine, die er von einem Freund ausgeliehen hatte, zum Standesamt. Dabei kamen sie im dicken Verkehr nur langsam voran und waren spät in der Zeit.

Sie parkten in der Tiefgarage unter dem Marktplatz, stiegen aus und eilten die Stufen hinauf. Es war ein klirrend kalter Februartag, deshalb waren viele Marktstände mit durchsichtigen Plastikplanen abgehängt, um das Gemüse vor dem Frost zu schützen. Die vier liefen rasch an den Ständen vorbei zum Alten Rathaus, einem Gebäude aus kurfürstlichen Zeiten, das im Ensemble mit einem Turm und der Sebastiankirche über dem Marktplatz aufragte. In der Breiten Straße waren schon die ersten Buden für die Fastnacht aufgebaut.

Im Gebäude gelangten sie über eine repräsentative Treppe zu dem festlichen Saal mit dem großen Gobelin, wo der Standesbeamte bereits wartete. Die jungen Männer waren wegen der Verspätung ihren schwangeren Bräuten vorausgeeilt. Die Jungs zogen im Trausaal ihre Mäntel aus und standen nun, die Arme brüderlich einander um die Schultern gelegt, in den schrillsten und engsten Disko-Klamotten, die ihre Kleiderschränke hergaben, vor dem Beamten.

Der Standesbeamte blinzelte etwas irritiert, denn diese Hochzeitsmode war ihm bisher unbekannt. Oder waren es junge Fastnachter, die sich einen Spaß machten? Schließlich war nächste Woche Fastnachtsdienstag.

„Wir wollen heiraten", kam es ihm fröhlich entgegen.

„Guten Tag und willkommen!", sagte er deutlich und entschuldigte seine Verwirrung. „Aufgrund ihrer Kleidung dachte ich zunächst, sie wollten zu einer Prunksitzung. Nun möchte ich sie leider doch darauf hinweisen, dass ich hier keine zwei Männer …"

Der Beamte hatte inzwischen eine andere Erklärung gefunden. Er glaubte, die bunten Figuren seien ein gleichgeschlechtliches Paar, das sich mit seiner Eintragung zur Lebenspartnerschaft vertan hätte. Indessen erschienen nun Magdalena und die rundliche Meral in der Tür.

„Aha", stieß der Standesbeamte erleichtert aus. „Da kommen ja die Bräute."

Auch die Bräute waren farbenfroh gekleidet und trugen in ihren Händen Fähnchen anstelle von Blumensträußen. Im Saal wurde es immer bunter.

„Wollen sie bei dieser Zeremonie denn keine Verwandtschaft dabei haben?", fragte der Beamte ungläubig und suchte den Flur ab, bevor er die Tür schloss.

„Wir haben alle ausgeladen. Hier auf dem Standesamt wollen wir zu viert unser kleines gemeinsames Fest haben. Das haben unsere Eltern nach langem Hin und Her akzeptiert. Ursprünglich wollten wir ein einziges, großes türkisch-polnisches Fest feiern, eine riesige Doppelhochzeit", erklärte ihm Władysław mit einem melancholischen Seitenblick auf Meral. „Die Hochzeitsbräuche unserer Länder sind allerdings beim besten Willen nicht unter einen Hut zu bringen.

Darum feiern wir mit der Verwandtschaft eben getrennt. Jedoch hier wollen wir feiern, wie es uns gefällt."

„Aha, die Fahnen", der sich ratlos gebärdende Standesbeamte lächelte verhalten und fragte, welches Paar denn zuerst getraut werden wolle.

Meral, die jetzt im fünften Monat war, zwinkerte Magdalena zu: „Dem Bauch nach haben wir es zwar etwas eiliger, aber ihr könnt gerne beginnen!" Magdalena schüttelte den Kopf, schmiegte sich an Władysław und strich sich lachend über ihre erst im Ansatz erkennbare Rundung. „Eure Trauzeugen lassen euch gerne den Vortritt." Meral trat vor.

Dann ging aus Sicht des Beamten, der sich in Position setzte, alles sehr schnell. Die Braut zog einen Stoffberg aus ihrer Tasche und drapierte sich die polnische Fahne wie eine Schärpe um ihren rundlichen Bauch, während die Trauzeugen eine türkische Fahne hinter dem Paar ausgebreitet hochhielten. Władysław überredete den Standesbeamten, doch bitte ein Foto zu machen. Alle gingen grinsend in Pose.

Mit Blick auf Merals polnisch beflaggten Bauch fragte der Beamte verwundert: „Ich gehe wohl recht in der Annahme, dass hier die polnischen Eltern von mir geknipst und getraut werden möchten?"

Ein fröhliches Gelächter setzte ein, und der Standesbeamte, dem die ungewöhnliche Doppeltrauung zu gefallen anfing, wurde aufgeklärt: „Nein, wir sind das deutsche Paar."

„Aha, der große Hintergrund mit Halbmond."

Nach dem ersten Jawort wechselten die Paare die Plätze und auch die Fahnen und nun saß Magdalena mit den türkischen Landesfarben um den Bauch neben Władysław, während die polnische Flagge den Hintergrund bildete.

Nach der zweiten Trauung griff der Beamte schon selber zum Fotoapparat und machte wieder ein Bild. Ihm strahlten heftig lachende Gesichter entgegen. Dann bemühte er sich, eine feierliche Ansprache zu halten. Er versuchte mit ausdrucksvollem Gesicht die Anwesenden auf den Ernst der Ehe einzuschwören, kürzte die Rede dann jedoch blitzartig ab, denn er konnte auf einmal seine eigene Spaßlust nicht mehr zurückhalten. „Ich erlaube mir nicht, die Symbolik hinter diesen weiblichen Beflaggungen zu ergründen." Er grinste und verdrängte mühsam sein Lachen hinter Grimassen. „Als Aulaner erlaube ich mir allerdings, mein Scherflein zu dieser Feier beizutragen."

Damit holte er eine jener Riesenfahnen Mannheims aus der Ecke und schwenkte sie an ihrer Stange bis weit über seinen Schreibtisch hinaus: „Groß wie diese Fahne, so groß sind die Glückwünsche der Stadt Mannheim. Ahoi!"

Władysław stieß seinen Freund an und flüsterte: „Mannheim macht seinem Namen alle Ehre, siehst du diese große Stange? Da kommen wir mit unseren Fähnchen nicht mit."

Die Bräute hatten ihn gut verstanden. Sie fächelten mit ihren Fahnensträußen und konnten sich nur mit Mühe das Lachen verkneifen.

Angesichts ihres unterdrückten Lachens versuchte der Standesbeamte, sich zu beherrschen. Je mehr er jedoch sein Lachen ersticken wollte, desto weniger gelang es ihm, und so zog er komische Fratzen ohne es zu wollen. Schließlich wurden alle von seinem in Schwallen hervorbrechenden Gelächter angesteckt.

Die Trauung schloss damit, dass alle sich Tränen lachten.

DIE ERSTE HOCHZEIT / Die Braut hatte ein festliches rotes Kleid an. Sie tanzte in das Wohnzimmer ihrer Eltern hinein und wurde von ihren wartenden Freundinnen sogleich auf einen Stuhl gesetzt. Das Abdunkeln des Zimmers hatte nicht viel Mühe gemacht, denn draußen war ein dämmeriger Märztag mit Nieselwetter früh zu Ende gegangen. Beim türkischen Hochzeitsmarathon stand der Hennabend an, der am Vorabend des Hochzeitstags bei der Braut nur unter Frauen gefeiert wird.

Auch Magdalena war zum Hennaabend eingeladen. Ihre Bedenken wegen dieser ungewöhnlichen Einladung waren verflogen, weil sie wusste, dass Meral alles dafür tat, ein freundschaftliches Verhältnis zu ihr herzustellen.

Der Hennaabend entpuppte sich als ausgelassene Party, auf der man türkische CDs auflegte. Magdalena fühlte sich wohl, sie freute sich ja auch schon sehr auf ihre eigene Hochzeit mit Władysław. Auf der lag allerdings ein Schatten: Ihre Urgroßmutter, die in Polen lebte, war an einer schweren Infektion erkrankt. Da sie die Hochzeit ihrer Urenkelin unbedingt mitfeiern wollte, war die kirchliche Trauung vom Frühjahr auf den August verschoben worden, in der Hoffnung, dass sich die alte Dame bis dahin erholt habe. Das passte ihrer Mutter rein gar nicht, jedoch hatte sie sich nicht gegen ihren Mann durchsetzen können. Obwohl Magdalena noch ein paar Monate auf ihre Hochzeitsfeier warten musste, war sie guter Dinge, denn ihr erschien es immer noch wie ein Wunder, mit Władysław zusammen zu sein.

Einige geschickte Frauen rührten einen Hennabrei an, drückten Meral in jede Hand ein Goldstück, schmierten ihr den Brei in die Hände und wickelten noch ein Tuch darum, damit nichts tropfte. Meral musste sich füttern lassen und wurde dabei natürlich auch veralbert. Auf großen Silbertabletts reichte man die Geleewürfel *lokum* in verschiedenen Geschmacksrichtungen und *baklava*, ein feuchtes Gebäck, das in Butter getränkt wird und vor Sirup trieft. Es gab auch noch viele andere süße Köstlichkeiten.

Wen Magdalena an diesem Abend auch fragte, jede Frau übersetzte ihr sofort alles, was sie wissen wollte, ins Deutsche. Die jungen Frauen tanzten mit Kerzen in der Hand um die sitzende Braut herum. Auch Magdalena hatte schnell den Tanzschritt erlernt.

Das Wachs der Kerzen begann beim ausgelassenen Treiben auf den Wohnzimmerteppich zu tropfen, und Merals Mutter bat die Mädchen, die Kerzen zu löschen. Die Stimmung war trotzdem sehr ausgelassen.

Nach einiger Zeit waren Merals Handflächen gefärbt, und sie hatte ihre Hände wieder frei. Nun stimmten die

Frauen und Mädchen ein rituelles Abschiedslied an, zu dem Merals Mutter so tun musste, als weine sie. Sie und die älteren Frauen zogen sich nach Mitternacht zurück und ließen die jungen allein. Vor allem die unverheirateten Mädchen kicherten vergnügt und rissen den einen oder anderen zweideutigen Witz.

Meral drehte die Musik lauter, begann wild zu tanzen und sich auf ihre Hochzeit einzustimmen. Alle tanzten, lachten und waren fröhlich, doch Meral war mehr als das, sie war selig. Ihr Lächeln bewies es. Sie tanzte und tanzte unermüdlich durch den Raum. Als sich schon die meisten Mädchen erschöpft hingesetzt hatten, sang sie übermütig: „Ach wie liebe ich meinen Durusan. Ich wollte nicht mein Lebtag bei einem Falschen liegen."

Eine unverheiratete Frau, dünn und spröde wirkend, wurde besonders neugierig. Meral freute sich offensichtlich ein bisschen allzu sehr auf die bevorstehenden Ehepflichten mit Durusan. Sie bestürmte Meral: „Erzähl, du bist jetzt im sechsten Monat! Du hast die Schleiernacht mit Durusan doch schon hinter dir. Wir würden so gern wissen, wie du schwanger geworden bist."

Meral wurde rot, im Halbdunkel sah das aber niemand. Was sollte sie antworten?

Verlegen tanzte sie etwas langsamer. Sie blickte um sich, alle hatten die Frage gehört, auch Magdalena spitzte die Ohren. Alle warteten gespannt. Bedächtig drehte sich Meral in ihrem roten Kleid, stockend begann sie endlich zu erzählen: „Mein Vater war in Mekka, ihr wisst das doch noch", gab sie scheinbar bereitwillig Auskunft. „In dieser Zeit hat mir meine Mama auch mal erlaubt, über Nacht zu einer Freundin zu gehen ..."

Die Mädchen kicherten: „Hihi, zu einer Freundin!"

„Da hat mich Durusan auf seinem Motor ...", sie verbesserte sich. „Er hat mich mit dem Auto abgeholt. Es war ein toller Sonnenuntergang. Die Wolken haben sich bis in den Himmel getürmt, sie waren so rot wie mein Kleid. Dann sind wir, ... wir sind dann ... an den Rhein gefahren, ... bei Sandhofen, ... im Gestrüpp, na ja ... so war das eben." „Das hört sich nicht berauschend an", war der Kommentar. „Und wie ging es dann mit deinem Vater weiter? Es gibt Väter, die drohen mit der Türkei. Oder es passiert noch viel Schlimmeres, wenn man als Tochter sich überhaupt mal in einen Mann verguckt ..."

Meral trank den dutzendsten Tee dieses Tages, der sie weiter aufputschte: „Mein Vater hat schon immer gesagt, er sei ein moderner Mann. Ich soll meinen eigenen Weg gehen, er würde mir dabei helfen. Ich habe ihn noch vor seiner Mekkareise gefragt: ‚Was soll ich tun? Ich kenne einen jungen Polen, der mich unbedingt heiraten will, doch ich will viel lieber einen türkischen Jungen, den ich ganz gut kenne.'

‚Du solltest den Mann heiraten, den du liebst', hat er mir geraten."

„Dann hast du deinem Vater also ganz offen eingestanden, du liebst Durusan?"

„Naja", versuchte Meral die Tatsachen etwas zu verschleiern. „Ich habe alles natürlich nur angedeutet. Ich wollte wissen, ob er Durusan vielleicht kennt. Dann hat sich mein Vater hinter meinem Rücken über Durusan erkundigt und ..."

„... und was dann?"

„Dann wollte er gleich nach seiner Pilgerfahrt zu dessen Eltern gehen und sie fragen, ob wir heiraten können."

„Was? Das hat dein Vater für dich getan? Das ist doch gegen jede Tradition. Normalerweise fragen doch die Eltern des Bräutigams, ob die Braut will. Dein Vater ist sehr fortschrittlich, alle Achtung."

„So weit ist es aber nicht gekommen! Ich habe meinen Vater im letzten Moment davon zurückgehalten, nach Neckarau zu fahren, weil er ja nicht gewusst hat ... na ja, ich habe ihm nicht gesagt, ... dass die Situation zwischendurch komplizierter wurde, ... weil ich schwanger geworden bin."

„Das wird ja sehr spannend. Dann hätte dein Vater doch erst recht allen Grund gehabt, mit Durusans Eltern zu reden. Oder vielleicht nicht?"

„Na klar ... natürlich ... Ich kann euch wirklich nicht alles erzählen ..."

„Du musst, es bleibt unter uns Frauen."

„Durusan hat nichts gewusst. Die Schwangerschaft ... Ich habe mich nämlich nicht getraut, es ihm zu sagen. ... Es war so schwierig!", Meral verhaspelte sich in ihrer Rede.

„Aha! Wir verstehen. Er wollte dich sitzen lassen!"

„Ich war verzweifelt."

„Na klar."

„Ich habe inständig zu Allah gebetet, denn ich wollte dem Vater nicht ohne einen Mann unter die Augen treten."

„Arme Meral ..."

„... und dann ... dann ...", Meral hob theatralisch die Arme, um Zeit für ihre Überlegungen zu gewinnen. „Dann ... dann ist mir im Traum die Jungfrau Marjam erschienen, die ohne Mann Isa empfangen hat ... Sie hat mir einen Tipp gegeben."

„Marjam versteht uns Frauen. Was solltest du denn tun?"

„Ich habe einige SMS geschickt", stieß sie erleichtert hervor.

„Marjam ist ja sehr fortschrittlich, was stand denn in den SMS? Das müssen Wunderbotschaften gewesen sein, denn du hast Durusan ja noch herumgekriegt."

Alle Augen waren auf Meral gerichtet, die den Kopf schüttelte: „Fragt mich bitte nicht mehr weiter! Auch wenn alles gut für mich ausgegangen ist."

„Och, wir wollen doch auch etwas von dir lernen, gib uns doch einen klitzekleinen Anhaltspunkt!"

„Nein, das muss jetzt für immer ein Geheimnis zwischen mir und Marjam bleiben."

Alle Mädchen staunten Meral ehrfürchtig an.

Auch Magdalena stand der Mund offen. Selbst gegenüber ihr schüttelte Meral den Kopf und schwieg.

Am nächsten Tag tanzten verirrte Schneeflocken im Fenster vor einem grauen Himmel. Während die Braut strahlte wie die Morgenröte, war Durusans Laune düster, als läge sie hinter einer schwarzen Wolke.

Die Hochzeitsfeier begann am Nachmittag, als Durusan nach dem traditionellen Friseurbesuch mit dem Imam in die Wohnung seiner Eltern zurückkehrte, wo ein begeisterter Władysław wartete, der mit seinem Fotoapparat schon die ersten fünfzig Bilder dieses Tages von der wartenden Braut gemacht hatte.

Noch vor der Trauungszeremonie im elterlichen Wohnzimmer nahm Durusan seinen Freund zur Seite.

„Sag mal, alter Kumpel, wir können uns doch jederzeit auch unbehagliche Dinge sagen."

„Na klar", antwortete Władysław. „Aber an deinem Hochzeitstag heute doch wohl nicht!"

„Mir ist aber so seltsam. Mir wäre es lieber, wir hätten die Frauen bekommen, die *wir* lieben. Siehst du Meral? Wie sie mich so unnatürlich anstrahlt? Woher kommt denn diese überschäumende Stimmung?"

„Durusan, mein Freund, fängst du schon wieder damit an?"

„Wenn ich sie mir so betrachte, dann habe ich einfach ein mulmiges Gefühl."

„Das habe ich dir schon hundertmal erklärt: Du bist ihr Retter. Kein Wunder, dass sie dich so anhimmelt. Sie braucht nicht in die Türkei. Ich freue mich auch riesig, dass du sie heiratest."

„Weißt du, je länger ich ihren Vater kenne, umso klarer wird mir, dass er doch sehr fortschrittlich ist. Ich glaube, wenn wir geschickter gewesen wären, dann hätte er dich akzeptiert."

„Das meinst du jetzt nur, weil du so nervös bist", wehrte Władysław ab, ohne seinem Freund richtig zuzuhören.

Die Trauung durch den Imam ging rasch vonstatten, und Władysław führte die frisch vermählte Braut zu einem mit

Blumen geschmückten Range-Rover. Er half ihr wie ein galanter Chauffeur ins Auto und setzte sich dann ans Steuer. Durusan musste schnell selbst die Tür aufreißen und zusteigen, sonst wäre Władysław in seinem Überschwang beinahe nur mit der Braut zur Gaststätte gefahren und hätte ihn im Schneeregen stehen lassen.

Etwa dreihundert Gäste warteten in Durusans Rudervereinshaus. Zur Überraschung des Brautpaars erklang bei ihrer Ankunft eine lustige orientalische Flöte, dazu wurde eine Trommel geschlagen. Merals Freundinnen hatten diese musikalische Einlage organisiert. Sie warfen ihr einen roten Schleier über den Kopf, Durusan stand mit seiner grünen Schärpe missmutig neben Meral. Władysław mischte sich unter die türkischen Jungs, die sich alle um die Schultern fassten. In einer Reihe tanzten sie auf das Brautpaar zu und wieder von ihm weg. Władysław tanzte ungebührlich flirtend auf Meral zu. Die herumstehenden Mädchen tuschelten und kicherten schon munter, und Durusan fragte sich, ob sie wohl mehr wussten als er, schließlich war gestern der Hennaabend gewesen.

Eine türkische Hochzeit gleicht einer riesigen Stehparty mit einem ständigen Gewusel um die in Reihen aufgestellten Stühle. Eine Musikgruppe stimmte Samba-Rhythmen an, als die Neuvermählten im großen Raum eintrafen. Meral wurde, an beiden Seiten eingehakt, von Durusan und Władysław in den Saal geführt, mitten hinein in die Menschenmenge. Von diesem Einmarsch zu Dritt knipste man von allen Seiten Fotos. Egal, wohin Durusan Meral auch führte, es dauerte nicht lange, da schwänzelte ein smarter Władysław wie ein zweiter Bräutigam um das Brautpaar herum und legte es darauf an, sich freudestrahlend mit Meral ablichten zu lassen.

„Verzieh' dich zu Magdalena", zischte Durusan schließlich verbissen. „Ich schmeiß dich raus, wenn ich dich noch einmal bei Meral sehe. Das ist meine Hochzeit. Sollen die Verwandten etwa hinter unser Geheimnis kommen?"

Als Durusan später die Gold- und Geldgeschenke an einen sicheren Ort bringen wollte, kam er im Flur der Gaststätte an Fahnen vorbei. Gebügelt prangten die Farben der Türkei und Mannheims an der Wand. Władysław hatte also sein Versprechen wahr gemacht. Auf dem Weg zurück in den Saal entdeckte Durusan zwischen den beiden großen Fahnen ein polnisches Fähnchen. Dieses riss er in einem Anflug blinder Eifersucht herunter, denn Władysław ärgerte ihn heute allzu sehr.

In die Gäste kam jetzt Bewegung, weil die Band orientalische Klänge anschlug und sich alle mehr oder weniger geschickt im Bauchtanz versuchten. Damit Władysław nicht zum Zuge kam, tanzte Durusan pausenlos mit Meral.

Beim Abendessen entstand jedoch erneut Ärger mit Władysław. Es gab dreihundert Portionen gegrillte Hähnchen mit Pommes frites, die die Gäste im Stehen oder in Schichten nacheinander an den Tischen sitzend einnahmen. Władysław bediente doch tatsächlich die fröhliche Braut und versuchte sie sogar mit der Gabel zu füttern. Zum Glück war Meral dem Bräutigam so treu ergeben, dass sie nach einem bösen Blick Durusans das nicht mehr duldete.

Es wunderte niemanden, als Meral darauf drängte, sich gegen zehn Uhr mit Durusan zur Nacht in ihre neue Wohnung zu verabschieden. Das war so üblich. Keiner fand es nötig, eine Schleierzeremonie abzuhalten, die Braut war schließlich schon schwanger.

Meral, die vom vielen Lächeln im Gesicht so etwas wie einen Muskelkater hatte, und Durusan, den dieser Tag einfach nur angestrengt hatte, betraten ihr mollig aufgeheiztes Schlafzimmer. Durusan setzte sich aufs Bett und hatte noch nicht seine Krawatte gelockert, als Meral schon neben ihm war und ihre Wange an die seine legte. Durusan strich über ihren Bauch und dachte an Magdalena.

„Ich glaube manchmal, dass wir die verrückteste Sache der Welt angefangen haben. Das ist doch eine eigenartige Schleiernacht."

Es klingelte.

Die beiden sahen einander erstaunt an. Sie konnten sich nicht vorstellen, wer das sein sollte. Durusan ging an die Tür.

Władysław und Magdalena standen sehr gut gelaunt vor ihnen, mit einer großen Suppenschüssel zwischen sich.

„Wir haben eine Brautsuppe aus Hühnchen mit Eiern und Zitrone gekocht, damit ihr euch für diese Nacht stärken könnt. Das ist doch Brauch in der Schleiernacht? Oder? Sogar Teller haben wir dabei."

Durusan, der Władysław am liebsten die Tür vor der Nase zugeschlagen hätte, beherrschte sich nur, weil da auch Magdalena stand. Sie lächelte milde um Nachsicht. Er starrte in die Augen der Mutter seines Kindes, die er den ganzen Tag nur mit heimlichen Blicken gesucht hatte, um wieder Halt zu finden. Er atmete tief durch. Magdalena schien ihm eben noch weit weg auf einem anderen Stern. Freudig zog er sie jetzt in die Wohnung, schloss sie in die Arme, drückte sie, so fest er konnte und seufzte.

Magdalena klopfte ihm leicht den Rücken.

„Hat Durusan jetzt zwei Frauen?", fragte Meral verwundert.

Władysław stellte die Suppe auf den Tisch, marschierte auf die herbeigeeilte Meral zu, umarmte sie ebenfalls und sprudelte hervor: „Nein, dein Kind hat zwei Väter. Ich verspreche dir, wir werden dein Kind doppelt ernähren."

„So habe ich demnach ab heute also auch zwei Männer?", scherzte Meral.

Władysław nickte eifrig und erwiderte mit einem ausdrücklichen Seitenblick auf Magdalena: „Och ja, ich hätte gleichfalls nichts gegen zwei Frauen einzuwenden."

„Da kommt es heraus, ihr seid doch zwei verdorbene Paschas", Meral zog Władysław ziemlich kräftig an seinen Ohren. „Wir lassen nicht zu, dass ihr uns miteinander betrügt. Und heute schon gleich gar nicht. Das ist meine Schleiernacht. Ich freu mich schon riesig darauf."

Meral wurde sauer. Ihr Bräutigam stand mit Magdalena im Arm vor ihr. Wie lange sollte sie noch auf ihn warten? Merals Gesicht glühte, weil es immer wieder zu einem neuen Aufschub kam. Sie schubste ihn sanft von Magdalena, drängte ihn energisch zum Suppentopf, der offen auf dem Tisch stand, schöpfte die Teller voll und begann schon einmal kräftig zu löffeln.

Władysław beschlich das Gefühl, er wäre nun allmählich fehl am Platz.

Magdalena konnte sich gut in Meral hineinversetzen, sie stand ihr bei. Da sie ihren Władysław schon kannte, kniff sie ihn in den Hintern: „Von nun an ist für dich das lustige Junggesellenleben vorbei. Von wegen zwei oder gar drei Frauen!"

„Wir finden die Tür allein", sagte Władysław und grinste ertappt.

Durusan setzte sich lächelnd zu Meral an den Tisch. Er erinnerte sich an Magdalenas Namenstag.

„Woran denkst du?", fragte sie misstrauisch.

„An eine Suppe."

„Und?"

„Und? Nichts *und!* Ich freue mich auf meine süße, kleine Braut, die ich gleich in unser Bettchen entführe. Nach dieser Suppe wird etwas passieren ... etwas ganz Aufregendes."

Durusans Ärger war verflogen. Magdalena war ja nicht aus der Welt verschwunden. Er probierte die Suppe. Sie schmeckte gut. Meral lächelte ihn vielsagend an, ihr Teller war schon fast leer. Gelöst sah er, wie sie ihren letzten Löffel Suppe aß und dann vom Stuhl aufstand, um zu ihm zu kommen. Er schmunzelte, ließ ohne zu zögern den Rest seiner eigenen Suppe stehen, hob seine Braut hoch und warf sich die Strampelnde mit einem Ruck über die Schulter. So schwankte er mit ihr ins Schlafzimmer, behindert durch einen Berg weißen Stoffes vor den Augen.

War er nun glücklich oder vielleicht einfach nur froh, mit einer Frau in einem Bett angekommen zu sein, an das er sich gewöhnen durfte und aus dem er nicht so schnell vertrieben wurde? Kein Schaltknüppel und keine Handbremse würden ihn je mehr behindern. Auch kein Władysław kam ihm nun noch dazwischen. Jetzt war er neugierig auf seine neue Ehefrau. Sie zog ihr sperriges Brautkleid etwas umständlich aus. Er war schneller und eleganter darin, sich von Hemd und Hose zu befreien. Meral staunte ihren Durusan an, als er nackt zu ihr kam. Sie war nicht nur froh, sondern unsagbar stolz. Als er sie umarmte, ließ sie sich fallen, vergaß die Welt um sich herum. Sie seufzte, juchzte, schrie und stöhnte, jubelte mitunter auch ganz siegesgewiss, denn sie schwebte tatsächlich in dieser Nacht durch einen grenzenlosen Himmel.

VIER FREUNDE / Die Natur rüstete sich für die warme Jahreszeit und blühte. Es war abends länger hell, die Uhren standen schon auf Sommerzeit. Auch die Schwangerschaften schritten naturgemäß unaufhaltsam voran. Magdalena und Meral hatten denselben Schwangerschaftskurs belegt, um Beckenbodengymnastik, Press- und Lockerungsübungen sowie Atemtechniken zu erlernen. Auch die Männer kamen mit, um sich auf Geburt und Babypflege vorzubereiten.

Die Vier tuschelten im Übungsraum voller Übermut und störten die anderen Paare immer wieder mit ihren seltsamen Späßen, die außer ihnen kein anderer verstand. Meral schwatzte mit Magdalena: „Alles läuft bestens nach den Wünschen der Mütter. Sie möchten ihre Ehemänner bei der Geburt dabei haben."

„Und vielleicht erlauben wir später den Vätern, bei rechtem Wohlverhalten, die Neugeborenen auch einmal zu wickeln", blödelte Magdalena.

„Mein Kumpel", sprach Durusan zu Władysław. „Da hörst du es, die Frauen wollen die Väter ihrer Kinder diskriminieren! Wir müssen dagegen etwas tun. Gerade weil es mir selbstverständlich erscheint, dass ich auf die Geburtshilfe bei deinem Baby verzichte, diesem, du wirst es sehen, prächtigen, gesunden, königlichen Kind, habe ich etwas gut bei dir. Könntest du deiner Zükünftigen bitte einmal ausrichten, sie soll nicht immer so kratzbürstig zum Vater ihres Kindes sein?"

Daraufhin belehrte ihn Władysław: „Großer Sultan Durusan, mein lieber Freund. Polnische Frauen haben ihren eigenen Kopf. An diese Tatsache wirst auch du dich, in all deiner väterlichen, orientalischen Herrlichkeit irgendwann noch gewöhnen."

„Erzähle mir nichts über polnische Frauen. Da kenne ich eine", spottete Durusan trocken. „Du solltest aufpassen. Sie jubeln Männern mit großer Freude falsche Kinder unter."

„Was, dazu sind sie bereit?", spielte Władysław den Ahnungslosen.

Durusan gab ihm leutselig zurück: „Mein Kumpel, die polnischen Väter beherrschen diese Kunst noch meisterhafter."

Magdalena mischte sich ein: „Ihr Männer braucht euch gar nicht zu rühmen. Ich kenne da eine Frau namens Maryja, halt nein", verbesserte sie sich. „Sie heißt Marjam. Diese Frau stellt alles in den Schatten. Vor zweitausend Jahren ..."

Meral trat ihr auf den Fuß und Magdalena schwieg.

In den Pausen gesellte sich die Kursleiterin besonders gern zu den Scherzenden und wollte wissen: „Wissen Sie schon, ob sie Jungs oder Mädels bekommen?"

„Alles läuft bestens nach den Wünschen der Väter", meinte Władysław. „Es werden zwei Mädchen."

Er drückte Magdalena einen Kuss auf den Mund, so dass die Leiterin anstelle zweier blonder Köpfe nur noch einen großen Haarwuschel sah.

„Dann haben Sie ja Glück", sagte die Kursleiterin. „Bei vielen Eltern gehen nicht alle Wünsche in Erfüllung. Das Geschlecht, die Augen und die Haarfarbe ... alles bleibt heutzutage noch dem Zufall überlassen. Schon manche haben sich ein blondes Mädchen gewünscht und waren dann über einen pechschwarzen Jungen enttäuscht. Bei ihnen scheint ja alles wie vorprogrammiert."

Der blonde Haarwuschel teilte sich in zwei wieder voneinander unabhängige Köpfe. Władysław erstarrte, als hätte ihn ein Windstoß in der Antarktis erwischt. Er zupfte seine künftige Frau am Ärmel und flüsterte: „Ich hab noch nie richtig darüber nachgedacht, aber bei uns in der Familie gibt es nur Blonde!"

„Das ist ja bei uns auch so", hauchte Magdalena erschrocken.

„Heilige Maryja! Das könnte für mich sehr unglücklich laufen", fügte Władysław hinzu.

Auf einmal war die Stimmung der Freunde nicht mehr so ausgelassen, sie störten die anderen im Kurs nicht mehr mit ihrer Sorglosigkeit.

In den nächsten Wochen studierten Władysław und Durusan die Mendelschen Vererbungsgesetze und empfanden sie als den reinsten Terror, auch wenn Durusan wegen einer grundsätzlichen Dominanz der dunklen Gene über die blonden etwas gelassener sein konnte. Die Fachbücher holten sie aus der Stadtbücherei, wo beide bisher noch nie gewesen waren. Sie liehen sie stapelweise aus und setzten sich damit immer gleich beim Grupello-Brunnen auf den Rasen des Paradeplatzes.

Sie durchforschten auch das Internet und beratschlagten sich über Gentests. Wie man ein Baby richtig wickelt und der Frau während der Geburt am besten beisteht, all das trat für die Männer in den Hintergrund. Ganz gleich, wann sie in diesen Wochen zusammentrafen, ständig besprachen sie ihre Lage. Auch eines Nachmittags beim Training im Sportstudio, in das Władysław wieder einmal mitgekommen war, überlegten sie, wie sich eine Blamage vor den Verwandten vermeiden ließe.

„Sag mal, mein Freund", Władysław ließ seine Hanteln sinken und blickte zu Durusan, der neben ihm seine wesentlich schwereren Gewichte mit den Beinen stemmte. „Was hältst du davon, wenn wir die Haare der Neugeborenen färben? Dann besteht wenigstens anfangs eine Ähnlichkeit mit uns."

„Władysław, Kumpel, so geht das nicht!", keuchte der schwitzende Durusan. „Meinem Baby mute ich die chemische Keule nicht zu. Wir müssen den Babys die Härchen scheren. Das ist gesünder."

„O.k. Dann haben wir glatzköpfige Neugeborene. Das kommt ja schon mal vor."

„Und auf den ersten Babybildern, die an die Verwandtschaft herausgehen, müssen die Kinder die Augen geschlossen haben, dann sieht man die Augenfarbe nicht", hechelte Durusan. „Damit können wir Zeit schinden, doch irgendwann müssen wir uns etwas Neues einfallen lassen."

„Mein lieber Freund", seufzte Władysław. „Wir müssen uns dumm stellen, wir können uns nicht mehr aus der Affäre ziehen ..."

„... nur noch Allah", presste Durusan hervor. So richtig überzeugt klang das nicht.

Die künftigen Mütter versuchten ihr Bestes, die Männer auf angenehmere Gedanken zu bringen, schließlich war Sommer in der Stadt. Sie stifteten die Jungs an, öfter draußen etwas gemeinsam zu unternehmen. Meral und Magdalena, die beide noch arbeiteten, allerdings nicht mehr auf der Schrubbmaschine oder nachts, waren jedenfalls guter Dinge und genossen in ihrer Freizeit die schönen Spaziergänge an Rhein und Neckar, oder sie gingen in der Stadt shoppen.

Das Kind in Merals Bauch setzte dem Rätselraten um die Haarfarbe früher als geplant ein Ende. Sie bekam ihre Wehen. Sie und Durusan schauten gerade den *Tatort* im Fernsehen. Sie schalteten ab, packten ihre Sachen in den alten Mercedes und fuhren los.

Nach einer durchwachten Nacht im Neckarauer Geburtsheim lugte am 21. Juli morgens ein schwarzhaariges Hinterköpfchen aus dem Geburtskanal heraus. Durusan rannte noch während der Geburt in aufgeregter Freude hinaus auf den Gang, um dem tatsächlichen Vater das Glück vom kleinen Hinterköpfchen mitzuteilen. Beide stürmten zurück ins Zimmer, da hatten sie den Augenblick der Geburt schon verpasst. Die blutverschmierte, sehr zarte, jedoch gesunde Yasemin lag auf Merals Bauch und schien mit großen, dunklen Augen auf die beiden Männer zu blicken. Sie hatte einen dichten Pelz schwarzer Haare.

Die Mutter wirkte mit rot verquollenen Augen und verschwitztem Haar sehr abgekämpft, aber zufrieden und glücklich. Ein seliges Lächeln umspielte ihren Mund. Am liebsten wäre sie aus dem Bett gehüpft und hätte die Beiden gleichzeitig umarmt. Daran war freilich nicht zu denken, ihre Glieder waren noch zu schwer.

„Yasemin sieht mir total ähnlich!", jubelte Durusan und drückte Władysław in seiner Freude einen raschen Kuss auf den Mund.

‚Warum küssen die zwei sich denn da?', fragte sich die Hebamme. Ihr kamen die beiden geschniegelten Kerle wie Schwule vor. Sie versuchte sich lieber nicht vorzustellen, dass diese Türkin eine Leihmutter für das Kind einer dieser beiden sein könnte. Heutzutage gab es ja allerhand. Sie nahm Meral das Baby ab, das mit unbeteiligtem Gesichtsausdruck ruhig in sich hinein horchte, und wusch es rasch mit geübten Handgriffen. Dann legte sie das winzige Mädchen mit seiner durchscheinenden Haut der Mutter wieder auf den nackten, noch immer dicken Bauch und musterte den mutmaßlichen Vater. Durusan kniete am Bett und streichelte das Neugeborene staunend und tief bewegt.

Obwohl bleich, legte die Mutter stolz, aber auch nachdenklich in die Ferne blickend, einen Arm um die Schultern ihres Ehemannes. Die Hebamme versuchte den überflüssigen zweiten Mann mit bissigem Murren hinauszuweisen.

Doch Władysław ging von ganz allein.

Beim Anblick seiner winzigen, wunderschönen Tochter war er gewaltig eifersüchtig auf Durusan geworden. Er konnte Meral und Durusan nicht mehr zusammen ertragen und verschwand ohne Gruß aus dem Zimmer und aus dem Geburtsheim.

Es war nicht das erste Mal, dass er bereute, es nicht mit Merals Vater aufgenommen zu haben. Er setzte seinen Helm auf und fuhr auf die Autobahn, irgendwohin ins Blaue. Auf einem Parkplatz musste er stoppen, um sich Tränen aus den Augen zu wischen. Morgen jährte sich Magdalenas Namenstag, und es gab eine Familienfeier in ihrer beider neuen Wohnung, die sie erst vor drei Wochen bezogen hatten. Er musste sich fassen und seiner schwangeren Braut noch ein Geschenk besorgen.

DIE ZWEITE HOCHZEIT / Der August dieses Jahres war außerordentlich kühl. Dennoch reisten etwa fünfzig Gäste in vollbesetzten Autos gutgelaunt aus Polen an. Sie wurden in günstigen Hotels untergebracht und machten es sich dort für ein paar Tage bequem. Sie brachten bergeweise Lebensmittel, frisches Gemüse und Fleisch, auch tiefgefrorenen Spargel mit nach Mannheim, damit der Koch alles zu einem feinen Festessen verarbeiten konnte.

Ein traditionelles polnisches Hochzeitsmahl bestand aus vielen Gängen. Neben verschiedenen Vor- und Nachspeisen sollte es allein schon drei Hauptgänge geben: Zuerst ein Gericht aus in tiefen Wäldern selbst gesammelten Pilzen, dann ein Hirschbraten mit Beeren und zuletzt ein Gericht aus Fischen. Władysławs Eltern brachten mehrere Hechte in Frischhalteboxen von den Masurischen Seen mit. Władysław umarmte seine Mutter und seinen Vater mit glänzenden Augen, denn er sah sie seit zwei Jahren zum ersten Mal wieder.

Magdalenas Verwandte glaubten, ihr einen besonderen Gefallen zu tun, sie hatten aus Polen mehr Żubrówka Bison-Brand mitgebracht als bestellt. Sie hatten gleich bei der Einladung nach Magdalenas neuer Cocktailkreation gefragt, weil ihre Mutter damals beim Kauf des Wodkas vor der

Verwandtschaft so mächtig damit angegeben hatte. Bis zu ihrer Hochzeit hatte Magdalena noch keinen einzigen Gedanken an diesen Cocktail verschwendet. Doch nun musste sie eigens für ihr Fest etwas erfinden, ob sie wollte oder nicht. Władysław, der ihre Kreationen in der Experimentierzeit allzu freudig durchprobierte, sollte nicht wieder auf den Geschmack kommen, darum enthielt der neue Wodka-Cocktail ziemlich viel Eiswasser.

Die katholische Trauungszeremonie begann am späten Samstagnachmittag in der kleinen Barock-Kirche, die dem Mannheimer Rathaus gegenüber liegt. Das Wetter an diesem Tag stand unter keinem guten Stern. Der bleigraue Himmel streifte die Kirchturmspitze, es regnete in Strömen. Władysław wurde den Gedanken nicht los, das sei die Strafe dafür, dass er als böser Clown Magdalena ständig nass gespritzt hatte. Magdalenas Brautkleid konnte ihre Schwangerschaft natürlich nicht mehr verschleiern. Władysław hielt einen Schirm über sie. Seinen eleganten hellen Anzug hatte er sich in einer Pfütze schon beschmutzt. Die Gäste, die ihnen festlich gekleidet folgten, verschonte der kalte Regen ebenfalls nicht. Da niemand mit einem solch hässlichen Augustwetter gerechnet hatte, saßen alle klamm und frierend in den Kirchenbänken und wünschten sich in die Wärme des Hotels.

Auch Władysław fror, denn einer seiner Schuhe war in der Pfütze mit Wasser vollgelaufen. In dem Augenblick, in dem er seiner Braut das Jawort geben sollte, begann die kleine Yasemin auf Merals Armen laut zu schreien, so dass es in der stillen Kirche seltsam hallte, als wolle sie ihn mit einem Ruf davon abhalten, zur Falschen „Ja" zu sagen. Wenn er doch wenigstens einem Menschen, am liebsten seiner Mutter, offenbaren könnte, wie froh er jetzt schon war, Vater zu sein. Doch er musste über sein eigenes Kind für immer schweigen. Er bereute seinen eigenen Heiratsplan wie noch nie zuvor. Am liebsten wäre er davon gestürmt und hätte seine kleine Yasemin samt ihrer Mutter Meral sofort entführt. Wie töricht erschienen ihm im Nachhinein die säbelrasselnden Albträume mit Merals Vater. Solche Gedanken bedrückten Władysław dermaßen, dass er die Umgebung vergaß und sogar die Trauungszeremonie gedankenlos vollzog. Erst das milde Lächeln des Pfarrers brachte ihn dazu, die Braut endlich zu küssen.

Auf dem feierlichen Zug von der Kirche in den Festsaal eines nahe gelegenen Hotels war Magdalena damit beschäftigt, ihr Brautkleid hochzuheben, damit der Saum nicht nass wurde. Sie scherzte kokett mit den Gästen über diese Widrigkeit und freute sich auf das Fest.

Im Hotel-Foyer nahmen die Frischvermählten Glückwünsche, Blumen und Geschenke entgegen. Die Stimmung der Gäste hob sich, denn durch die Glastüren konnte man schon einen Blick auf die festlich eingedeckten Tische erhaschen. Doch länger als erwartet standen alle im Foyer herum, weil die Vorbereitungen noch nicht ganz abgeschlossen waren.

Magdalena erschrak über Władysławs düstere Miene.

Die Gäste wurden ungeduldig. Die Vorwitzigsten vertrieben sich die Zeit mit lauten Sprüchen. Einer deutete auf Magdalenas Bauch, indem er scherzte: „So kann es gehen, wenn man sich schon lange vor der Heirat miteinander die Hörner abstößt!" Ein anderer frotzelte über den schlechtgelaunten Bräutigam: „Dann braucht man Gäste bei der Hochzeit, die dem vorschnellen Papa mit ihrer guten Laune aus der Patsche helfen."

Władysław schluckte bitter. Er konnte an nichts anderes mehr denken als an den Trennungsschmerz von seiner kleinen Tochter. Aber er und Magdalena standen nun einmal im Mittelpunkt der Aufmerksamkeit. Er musste sich auf das Fest konzentrieren und seine Rolle spielen. Endlich wurde die Tür geöffnet. Auf traditionelle Weise trug er beim Einzug in den Festsaal seine Braut auf den Armen. Und das wollte er ganz besonders elegant machen. Doch auf der Schwelle stolperte er, und Braut und Bräutigam stürzten beinahe vor die Elternpaare hin, die zur Begrüßung – als Symbol für das Auf und Ab in einer Ehe – mit Brot und Salz auf das Brautpaar warteten.

Władysław sah in dem Stolpern ein ungutes Vorzeichen: Er würde sich als gehörnter Ehemann mit seinem südländischen Kind heillos blamieren. Braut und Bräutigam leerten unter den Hurrarufen der Gäste ein Glas Wodka und warfen ihre Gläser so hinter sich, dass möglichst niemand verletzt wurde. Beide Gläser zersprangen klirrend. Władysław fasste nach dem Trinkritual wieder Zuversicht und hoffte, keiner käme dem Kindertausch je auf die Schliche.

Magdalena atmete erleichtert auf. Wenigstens die Gäste gerieten mehr und mehr in Feststimmung. Bei den Trinkritualen eines Hochzeitstags war das auch kein Wunder.

Magdalena und Władysław taten, noch bevor alle ihre Plätze einnahmen, ihr Bestes, den geeisten Cocktail als Aperitif anzupreisen. Die Hochzeitsgäste probierten kritisch und ulkten sofort: „Das ist ein ziemlich alkoholfreier neuer Brauch. Kein Wunder, dass Magdalena für diesen Cocktail keine Prämie bekommen hat. Er ist ein Wässerchen!"

Unter denen, die über diesen Kalauer fröhlich lachten, weil sie um die Gleichsetzung von *Wasser* und *Wodka* Bescheid wussten, befand sich natürlich auch die Urgroßmutter Magdalenas, eine schlanke Frau, groß, aufrecht und hellwach, obwohl schon weit über neunzig. Sie war wieder gesund geworden. Gerade wegen ihres hohen Alters war es ihr eine Freude, noch einmal zusammen mit der ganzen Familie zu feiern.

Der Bräutigam ihrer Urenkelin gefiel ihr auf den ersten Blick, allerdings sollte ein junger Mann am Tag seiner Hochzeit glücklicher aussehen. Ihre Augen waren noch gut, so dass ihr Władysławs unechtes Lächeln nicht entging. Vertraut mit menschlichen Katastrophen vermutete sie dahinter mehr, als nur eine vorübergehende Verstimmung. Vielleicht war der Bräutigam jetzt schon krankhaft eifersüchtig? Sie hatte nämlich beobachtet, dass die Braut mit einem jungen männlichen Gast andauernd tuschelte, das war offensichtlich auch dem Bräutigam nicht entgangen.

„Das ist die Ahnfrau unseres Kindes", raunte Magdalena in Durusans Ohr. „Du bist heute ihr Tischnachbar." Der abwägende Blick der Urgroßmutter traf Durusan unvorbereitet. Warum sah sie nur her? Ahnte sie schon etwas? Ihre Aufmerksamkeit gefiel ihm, ebenso ihre feinen Gesichtszüge. Etwas unsicher legte er den Arm um Meral und schritt mit ihr und dem Baby, von Magdalena gezogen, zur Urgroßmutter hinüber, um sie zu begrüßen. Magdalena stellte das junge Paar als ihre besten Freunde vor. Durusan küsste die Hand der alten Dame so ehrfürchtig wie noch keinem alten Menschen jemals zuvor, im Bewusstsein, diese Frau sei die Ururgroßmutter seines noch ungeborenen Kindes. Unwillkürlich tat es ihm Meral nach, erschrak jedoch sehr, als ihr die Hand ruckartig entzogen wurde. Die Urgroßmutter lächelte überrascht, und Magdalenas Vater, der dabei stand, übersetzte den beiden vergnügt, was die alte Dame dazu gesagt hatte: „Meine Großmutter ist entzückt von euren Handküssen. So alt sie nun auch schon geworden ist, von einer hübschen Frau hat sie bisher noch keinen Handkuss bekommen."

Meral wurde rot.

Die Urgroßmutter zwinkerte freundlich, trat näher und redete ein paar Worte in der Babysprache mit dem etwa vier Wochen alten Säugling. Der junge Vater machte bei allem eine so gute Figur, dass sie erst recht neugierig auf ihn und seine Begleiterin wurde. So kam es ihr gerade recht, von beiden zu ihrem Platz am Ehrentisch geführt zu werden. Als Tischnachbarn saßen nun alle drei dem Brautpaar gegenüber, das sich bereits eingefunden hatte. Neugierig wollte sie herausfinden, ob ihre Vermutung stimmte, ihre Urenkelin Magdalena sei hier möglicherweise einem Eifersuchtsspiel ausgesetzt.

Das Hochzeitsmahl begann, und die Gäste freuten sich auf die erste Vorspeise. Zum Auftakt gab es Spargel auf die gehaltvolle polnische Art, denn nach dieser Vorspeise würde das Brautpaar tanzen und sollte etwas Ordentliches im Bauch haben. Auf Władysławs Gesicht lag ein dünnes, pflichtschuldiges Lächeln, während er im Essen stocherte.

Durusan lachte der Urgroßmutter unentwegt übertrieben zu, gab ihr durch freundliche Gesten zu verstehen, wie sehr ihm die Vorspeise schmeckte und wie sehr er ihre Bekanntschaft schätzte. Die Unterhaltung verlief auf diese Weise zwar lebhaft, aber mehr oder weniger verkrampft.

Das Heidelberger Klezmer Quartett begann den Brauttanz zu spielen, und Magdalena zog Władysław auf die Tanzfläche. Fröhlich ermunterte die alte Dame Durusan, sich mit ihr zusammen dem Eröffnungstanz anzuschließen.

Die Hochzeitsgäste traten neugierig an den Rand der Tanzfläche, lachten und beklatschten die beiden außergewöhnlichen Paare und schlossen sich ihnen dann an.

Auch beim gleich folgenden Musikstück wollte die Urgroßmutter weiter tanzen. Entsetzt beobachtete sie, von Durusans Armen angenehm gehalten, dass ihre Urenkelin plötzlich wie eine verlassene Braut auf der Tanzfläche alleine dastand. Sie sah, wie der Bräutigam nun Meral auf die Tanzfläche führte. Die alterfahrene, wenn auch etwas bedächtige Tänzerin, war über den rüpelhaften Bräutigam so entrüstet, dass sie mit den Schritten aussetzte und Durusan für einen Moment ins Straucheln brachte.

Władysławs Vater schaffte es gerade noch rechtzeitig, sich als frischgebackener Schwiegervater die Braut schnell zu schnappen, bevor auch andere merkten, was los war.

Władysławs Mutter, die jetzt ihrerseits keinen Tanzpartner mehr hatte, betrachtete ihren Sohn mit großer Missbilligung und gab der Kapelle das Zeichen, nach diesem zweiten Stück sofort aufzuhören. Sie nahm ihren Sohn zur Seite, nachdem er Meral an den Tisch zurückgebracht hatte, und redete leise auf ihn ein: „Junge, was hast du da wieder angestellt! Du kannst doch deine Braut nicht in eine solche Verlegenheit bringen."

Alle Gäste gingen etwas verwundert vorzeitig auf ihre Plätze zurück und brachten damit den Koch in arge Verlegenheit, denn die erste Hochzeitsuppe des Abends, eine Barszcz mit Kroketten, sollte gleich nach dem Eröffnungstanz aufgetragen werden. Nur schleppend kamen die Gespräche an den Tischen wieder in Gang. Alle warteten auf die Suppe.

Die Urgroßmutter beobachtete das Geschehen am Tisch aufmerksam. Wenn Magdalena ihren jungen Ehemann ansah oder jemand, um die Pause zu überbrücken, einen Toast auf das Brautpaar ausbrachte, lachte Władysław verkrampft. Mit jedem Gläschen Wodka versank er mehr in Trübsinn. Magdalena, in ihrem schönen Kleid, fühlte sich neben diesem griesgrämigen Ehemann sichtlich unwohl, dennoch war sie alles in allem an ihrem Hochzeitstag bester Laune. Die alte Dame wunderte sich jedoch am meisten über Meral. Die junge Türkin schien für Władysław etwas ganz Besonderes zu sein, weil allein sie ihn wirklich aufmuntern konnte. Ihr Kind weckte den Bräutigam mit einem Schlag aus seiner Grüblerei, als es schrie. Es wurde von der Mutter aus dem Kinderwagen gehoben. Władysław eilte zu ihm hinüber und nahm es der Mutter aus den Armen.

Magdalena war darüber offensichtlich böse, beherrschte sich jedoch tapfer. Während die Barszcz endlich aufgetragen wurde, erzählte sie in ihrer Verlegenheit der Urgroßmutter ganz ausführlich, ihre Mutter hätte einen renommierten polnischen Koch engagiert, nach dem sie hier in Deutschland lange gesucht habe. Den türkischen Freunden erklärte sie auf Deutsch: „Stopft euch nicht gleich am frühen Abend voll, das wäre schade, denn das Essen geht die ganze Nacht hindurch. Der Koch wird es euch bestimmt übel nehmen, wenn ihr heute Nacht das Beste stehen lasst."

Meral nahm den Rat lachend an: „Ich glaube, diese Vorschrift lässt sich ganz leicht befolgen, schon die erste Suppe entspricht ja nicht so ganz unserem Geschmack, du weißt ja, wir sind extrem wählerisch."

Magdalena, lachte spitz auf. Dann schwieg sie besorgt und warf Władysław, der das Baby neben Meral herzte, einen missvergnügten Blick zu.

Durusan legte seinen Arm um Meral und starrte einen Augenblick lang abwesend auf ihre beiden leeren Suppenteller.

Als der Bräutigam an seinen Platz zurückkehrte, war seine Barszcz abgekühlt.

Die Urgroßmutter versuchte, aus alledem klug zu werden. Allmählich konnte sie nicht mehr darüber hinwegsehen, dass der Bräutigam imstande war, seine eigene Hochzeit zu ruinieren. Durusan fühlte offenbar etwas Ähnliches. Er scheiterte trotz all seiner Beredsamkeit damit, seinen Freund mit lässigen Sprüchen zum Lachen zu bringen. Die Urgroßmutter rückte näher an ihn heran. Sie nutzte diese Deckung, um das Geschehen am Tisch noch genauer verfolgen zu können. Magdalena versuchte ein letztes Mal, ihrem Bräutigam die kalte Suppe aufzudrängen. Auch Meral tat ihr Bestes, sie hob das Ärmchen des Kindes, und winkte damit dem Bräutigam zu. Doch Władysław schien für immer stumm bleiben zu wollen und starrte auf den Grund seines vollen Suppentellers.

Die Urgroßmutter fasste mit sichtlichem Unbehagen einen Entschluss. Sie erhob sich feierlich und deutete Magdalena unmissverständlich an, sie wolle hinausgehen, um mit ihr zu sprechen.

Durusan und Meral blieben besorgt am Tisch zurück, selbst Władysław schien aufzublicken. Die Tanzmusik setzte wieder ein, doch keiner der am Ehrentisch Verbliebenen zeigte Lust, aufzustehen. Die Gäste tanzten und wunderten sich, warum der Bräutigam das nicht auch tat.

Nach etwa zwanzig Minuten waren die Urgroßmutter und ihre Enkelin immer noch weg.

Was hatte das zu bedeuten? Magdalenas Mutter forderte die Kapelle fortgesetzt auf, weiterzuspielen, damit das Verschwinden der Braut nicht so sehr auffiel. Die Gäste nahmen jedoch allmählich ihre Plätze wieder ein. Der nächste Gang, eine leichte Hühnerbrühe mit Fleischeinlage, stand schon in der Küche bereit. Die Servierdamen warteten auf das Signal zum Auftragen. Lange konnte es nicht mehr dauern, bis Urgroßmutter und Braut an den Ehrentisch zurückkehrten. Doch die beiden kamen nicht. Die Gäste machten das Beste aus der Warterei und brachten lustige Trinksprüche aus, die die Musik übertönten. Allmählich wurde es im Saal jedoch immer unruhiger. In dieser Lage gaben die Brauteltern den Musikern das Signal, ihr Spiel abzubrechen.

Die zweite Suppe wurde ohne die Braut aufgetragen. Gerade waren alle Teller gefüllt, da kamen die Vermissten herein. Die Gäste applaudierten. Magdalena war ein bisschen aufgelöst und hochrot im Gesicht vor Erregung.

Die Freunde wussten sofort, was das bedeutete: Sie hatte der Urgroßmutter alles erzählt. Auf dem Weg zu ihrem Platz nickte die alte Dame in sich gekehrt, wie in ein ernstes Selbstgespräch versunken. Sobald sie wieder neben Durusan saß, legte sie ihre alte Hand bedeutsam auf seine junge und strich sorgsam darüber.

Durusan war berührt. Wusste sie nun, dass er der Vater ihres Ururenkels war? Die Suppenteller waren gefüllt, die Gäste warteten, bis man am Ehrentisch nun endlich mit dem Essen anfing.

Doch kaum hatte sie sich niedergelassen, stand die Urgroßmutter schon wieder auf und schlug mit dem Löffel gegen den Suppenteller. Mit lauter Stimme begann sie:

„Liebe Hochzeitsgäste. Es ist wohl unüblich, dass ich, die Älteste hier, bei einem fröhlichen Fest eine ernste Rede halte, noch dazu in einem Moment, wo die Suppe in den Tellern steht und kalt wird. Eigentlich würde meine Rede besser in eine fortgeschrittene Abendstunde hineinpassen. Doch was ich sagen möchte, verträgt keinen Aufschub, bitte seht es einer alten Dame nach, dass sie heute Abend vielleicht schon ermüdet ist. Darum bitte ich euch, mir nach dieser Suppe euer Ohr zu leihen. Jetzt möchte ich uns alle nicht aufhalten.

Diese wunderbare Hühnersuppe hat es verdient, heiß gegessen zu werden. Das Brautpaar lebe hoch."

„Es lebe hoch", riefen alle.

Magdalenas Mutter fuhr ihren Mann an: „Was hat deine Großmutter denn jetzt wieder vor? Weißt du etwas?"

Der Brautvater schüttelte verlegen den Kopf. „Bei der Babuschka ist man nie vor Überraschungen sicher."

Die Gäste applaudierten freundlich, und während sie Suppe löffelten, den Koch lobten oder sich über dies und das unterhielten, war eine höfliche Anspannung zu spüren, Anteilnahme ebenso wie Neugier.

Aus Sorge um ihren Sohn, den Bräutigam, den sie erst am Morgen seit langer Zeit wieder gesehen hatte, verfiel die Mutter Władysławs ins Grübeln. Sie ahnte, die roten Flecken in seinem Gesicht waren ein sicheres Zeichen dafür, dass ihm gerade etwas Schlimmes widerfuhr. Seitdem die alte Frau ihre seltsame Rede angekündigt hatte, rutschte er unsicher auf seinem Stuhl herum und stritt jetzt sogar lauthals mit seiner Braut. Die Mutter eilte zu ihm:

„Mein Junge, hast du denn etwas angestellt? Bist du wirklich glücklich?"

Władysław kanzelte sie ab: „Mama, bitte, es gibt nichts zu sagen."

Durusan und Meral hielten sich unter dem Tisch fest an der Hand. Die Spannung war so groß, dass nun wirklich keiner mehr Deutsch sprach, deshalb erfuhren sie von Magdalena nur, die Urgroßmutter kenne ihre Geschichte, und bald würde sie irgendetwas dazu sagen.

Durusan runzelte die Stirn. Welche Rolle würde *diese* Hochzeitssuppe in seinem Leben spielen?

Die Suppenteller waren abgeräumt und allerlei Kleinigkeiten wurden serviert. Die Gäste saßen in freudiger Erwartung, ob sich am Ehrentisch bald etwas regte. Die Urgroßmutter erhob sich für ihre Ansprache. Die Hochzeitsgesellschaft verstummte, damit ihre Stimme auch noch im letzten Winkel des Saals zu hören wäre.

Die Urgroßmutter schwankte leicht und begann mit ihrer Rede. Sie gestikulierte ernst und graziös, während sie klar, eindringlich und melodisch sprach. Hin und wieder gingen ein Raunen und verhaltenes Lachen von Gast zu Gast. Durusan und Meral wären am liebsten im Boden versunken, denn sie waren nicht nur die einzigen, die nichts verstanden, sondern auch diejenigen, von denen die Urgroßmutter wohl sprach. Einige Gäste warfen heimliche Blicke auf sie, andere betrachteten sie unverfroren neugierig. Durusan stand offenbar im Mittelpunkt ihrer Erzählung, die Urgroßmutter hatte seine Hand zu sich gezogen und streichelte sie fortwährend, als könne sie dadurch ihren Worten noch mehr Nachdruck verleihen.

Die Gäste, die sich beim Zuhören fast nicht bewegten, richteten auf einmal ihre Blicke auf Magdalena und Władysław. Die beiden waren fest zueinander gerückt, Władysław hatte seinen Arm schützend um Magdalena gelegt. Beklommen hörte das Brautpaar der Rede zu. Doch je länger die alte Dame sprach, desto heiterer wurden alle Mienen, desto erleichterter war das Brautpaar und die angespannte Stimmung hellte sich merklich auf, bis zum Schluss bei den letzten Worten der Babuschka ein Teil der Anwesenden zu Tränen gerührt war, andere sich entspannt zurücklehnten und verständnisvoll schmunzelten. Im Saal herrschte für einen Moment andächtige Stille.

Aus dem Hintergrund brachte jemand in diese Schweigsamkeit einen herzhaften Toast auf die Urgroßmutter aus. Daraufhin erhoben sich alle frohgestimmt.

Durusan und Meral standen ebenfalls auf, sich verlegen an den Händen haltend, da alle Augen auf Durusan ruhten. Durusan fand seine Lage wenig witzig. Er blickte unsicher um sich, wendete sich schließlich mit Unbehagen der Braut zu, der einzigen im Raum, von der er in dieser unheimlichen Situation Hilfe erwarten konnte. Magdalena deutete Durusan verschmitzt an, er müsse der Urgroßmutter unbedingt einen Kuss auf die Wange geben, das würde jetzt sehr gut passen. Durusan überlegte kurz. Die Polen hatten offenbar keine Vorbehalte gegen das türkisch-polnische Baby in Magdalenas Bauch. Er würde sehen, was passierte.

Die Urgroßmutter nahm seinen vorsichtigen Wangenkuss charmant entgegen. Daraufhin ergriff alle eine Riesenbegeisterung. Die Gäste jubelten, pfiffen und vermittelten Durusan ein Gefühl von Respekt und Achtung. Er spürte ein vielfaches, aufrichtiges Entgegenkommen, was aber nichts an seiner Verwirrung änderte. Alles, was hier vor sich ging, beruhte in Wahrheit doch nur auf einem Riesenirrtum und einer Verwechslung. Die Musik spielte einen Tusch, und unter Blitzlichtgewitter gab er der alten Dame wie in Trance einen zweiten Kuss. Nachdem sich die Spannung gelöst hatte, leerten die Gäste ihre Gläser und begaben sich zur Tanzfläche, ohne den Ehrentisch weiter zu beachten. Durusan atmete auf, die Gefahr war endlich vorüber.

Ein Ausdruck tiefster Erleichterung lag auf Władysławs Gesicht. Die Zentnerlast dieses Tages fiel von ihm ab. In kindlichem Übermut küsste er seine Braut und trug sie zur Tanzfläche, wobei er das Kunststück vollbrachte, sie während des Laufens auf den babydicken Bauch zu küssen. Die Braut strahlte und hatte ihre Arme in inniger Freude um Władysławs Hals geschlungen. Endlich gab das Brautpaar ein glückliches Bild ab.

Die Urgroßmutter saß unbewegt am Tisch, und nur ihre Augen wanderten durch den Raum. Als sich ihr Blick mit dem von Durusan kreuzte, glaubte er ein zwinkerndes Lächeln zu entdecken. Er konnte sich keinerlei Vorstellung vom Inhalt ihrer Rede machen. Was auch immer sie gesagt haben mochte, ihn erfasste eine große Dankbarkeit, und die Gewohnheit, dem Alter seine Referenz zu erweisen, kam ganz zwanglos über ihn. Er küsste ihre Hand voller Ehrfurcht, die Hand einer Frau, die Mut hatte und offenbar eine große Phantasie. Durusan saß nun schweigend da. Niemand beachtete Meral und ihn mehr sonderlich. Magdalenas Verwandte kamen zur Urgroßmutter an den Tisch, um mit ihr zu plaudern. Da entschloss er sich, Meral zum Tanz aufzufordern. Doch das ging nicht.

Meral saß seltsam erstarrt am Tisch und war nicht ansprechbar. Sie fixierte mit glasigen Augen die Urgroßmutter, die sich gerade mit einem Gast unterhielt. Die alte Dame wendete mitten im Gespräch den Kopf zu Meral und sah sie mit einem tiefernsten Blick an. Es blitzte kurz in beider Augen. Das machte auf Durusan den Eindruck, als teilten beide ein magisches Geheimnis, das nur zwei verschworene Frauen miteinander verbinden konnte. Wieder fragte sich Durusan mit Unbehagen, warum ihre Frauen die Partner bekommen hatten, die sie haben wollten, und sie selbst, die Männer, den Kürzeren gezogen hatten.

Meral erwachte aus ihrer Starre und plapperte auf Durusan ein, sie wolle gern endlich erfahren, was die Urgroßmutter gesagt hatte. Durusan deutete auf das Brautpaar. Sie waren darauf angewiesen, es von Władysław oder Magdalena zu hören.

Diese beiden freilich machten keine Anstalten, irgendetwas zu erklären, zogen sich an den Händen von einem Gast zum nächsten und betrieben heitere Konversation. Władysław hatte sich in einen ausgelassenen Bräutigam verwandelt. Immer wieder sah Durusan der Braut mit Wehmut an, wie sehr sie in ihren Władysław verliebt war. Am liebsten hätte er den Bräutigam an seinem schicken Anzugkragen gepackt: „Kumpel, warum hast du mir meine Magdalena weggenommen?"

Und dann erwischte Durusan Władysław endlich, als das Brautpaar am Tisch vorbeihuschte: „Bitte übersetz uns endlich, was die Urgroßmutter gesagt hat!"

Władysław grinste ihn nur selig an: „Die Babuschka hat mich gerettet! Wir brauchen deinem Kind niemals den Kopf zu scheren. Die Babuschka ist einfach großartig."

Dann waren die beiden schon wieder zwischen den Gästen verschwunden. Durusan lächelte der polnischen Ururgroßmutter seines Kindes verlegen zu und übte sich in weiterer Geduld. Die alte Dame trank langsam ihr Glas Wodka aus und Durusan beobachtete, dass sie sich mit sanftem Spott über die Brautmutter amüsierte, die in einiger Entfernung am Ausgang stand. Magdalenas Mutter war die einzige Person im Saal, die gekränkt schien. Magdalenas Vater klopfte seiner Frau beschwichtigend auf die Schulter, jedoch froh und locker sah auch er nach dieser Rede nicht aus.

Durusan stand entschlossen auf, suchte die Braut im Saal und forderte Magdalena zum Tanz auf. Als er ihren warmen Körper in seinen Armen spürte, saß auf einmal ein Kloß in seinem Hals. „Magdalena", fragte er mit unsicherer Stimme. „Was ist denn nun geschehen?"

Erhitzt vom vielen Tanzen erklärte ihm Magdalena außer Atem: „Meine Urgroßmutter hat von einem Geheimnis in unserer Familie geredet. Sie ist die Einzige, die noch Auskunft geben kann. Weil dieses Familienfest vielleicht ihr letztes sein könnte, wollte sie das Geheimnis endlich lüften. Und dann hat sie gesagt, ihre Mutter hätte einen heimlichen Geliebten gehabt, vor langer, langer Zeit, während ihrer Ehe. Die Mutter hätte ihr das auf dem Sterbebett gesagt. Von diesem Mann hätte sie ein Kind bekommen, die Babuschka. Die Babuschka ist also das Resultat eines Seitensprungs. Stell dir das vor, mein Vater hat einen anderen Großvater als er dachte! Wer hätte denn das heute Morgen geahnt? Die Babutschka hat nun meine Schwangerschaft zum Anlass genommen, ihr Gewissen zu erleichtern. All die Jahre sei kein einziges Kind mit dunklen Augen oder schwarzen Haaren in ihrer Familie geboren worden. Sie müsste das alles nun erzählen, weil es schließlich möglich ist, ich bekäme vielleicht ein Kind mit feurigen Augen und dunklen Haaren. So hat die Mutter ihren Liebhaber beschrieben!"

Mehr konnte Magdalena nicht sagen, denn sie lachte immer noch vor Erleichterung. Sie löste sich von ihm, als sie ein junger Verwandter zum nächsten Tanz aufforderte. Durusan lief zu seinem Tisch zurück, und Meral las ihm jedes Wort staunend von den Lippen ab. Dann lächelte sie in sich gekehrt.

Das Hochzeitsfest ging nun ohne Zwischenfälle seinen Gang. Beim Essen, Tanzen und Trinken flogen die Stunden bis Mitternacht unbemerkt nur so dahin. Nach Mitternacht nahm Magdalena nach altem Brauch ihren Schleier ab, denn sie war nun keine Braut mehr, sondern eine verheiratete Frau. Alle Mädchen drängten sich um sie herum. Sie warf den Schleier mit verbundenen Augen hinter sich, eine ihrer Cousinen fing ihn auf.

Die Fliege, die Władysław hinter sich schleuderte, traf einen kleinen Jungen. Alle lachten, denn keiner glaubte, dass er als nächster heiraten würde. Nur ein Gast scherzte: „Na mein Kleiner, heute können Familiengeheimnisse gelüftet werden. Du darfst also ruhig zugeben, dass du es schon faustdick hinter den Ohren hast." Der Junge guckte nur mit offenem Mund von einem zum anderen.

Etwa gegen zwei Uhr morgens wurde ein runder Kuchen, der Kołacz, herumgereicht. Er war mit Zweigen aus Teig geschmückt, die den Lebensbaum symbolisieren. Jeder brach sich ein Stückchen ab.

Um fünf Uhr morgens spielte das Klezmer Quartett einen lebhaften letzten Tanz, mit dem die Gäste „hinausgespielt" wurden. Die Urgroßmutter hatte bis jetzt durchgehalten, sie tanzte unter dem Klatschen der Gäste diesen letzten Tanz zwar etwas müde, jedoch noch immer in tadellos eleganter Haltung, geführt von Durusan, der über ihre Ausdauer staunte. Es hagelte Blitzlichter. Władysław tanzte allein auf einer Stelle und klatschte begeistert am lautesten, denn so war es ihm gerade recht.

DIE URURENKELIN / Die Hebamme im Neckarauer Geburtsheim staunte, als sie dieselben Kerle wieder sah, die schon einmal so seltsam um eine Gebärende herumgelungert waren. Bei der ersten Geburt hatte sie sich gleich in der Nacht wieder beruhigt. Ihre Zweifel wegen einer Leihmutterschaft hatten sich zerstreut, denn aus den Papieren war klar hervorgegangen, dass sie einem türkischstämmigen, deutschen Paar zu einem Mädchen verholfen hatte, obwohl sich der polnische Mann wie ein leiblicher Vater aufgeführt hatte. Entsprechend der Anmeldung hütete dieses Mal der Pole seine Frau. Doch warum schlich der andere Stunde um Stunde in den Gängen und im Garten herum?

Als sich die Geburt ihrem Höhepunkt näherte, war Władysław im Geburtszimmer und Durusan wartete nervös vor der Tür. Es war Anfang Oktober. Durusan konnte kaum fassen, dass er vor einem Jahr noch fest mit Magdalena zusammen war und im Traum nicht daran gedacht hätte, dass er einmal das Mädchen auf der Schrubbmaschine heiraten würde. Was war nur alles passiert? Da ging die Tür auf, und die Hebamme winkte Durusan energisch herein. Władysław lag ohnmächtig auf dem Boden.

Durusan schaffte seinen Freund hinaus und kümmerte sich um ihn, bis er wieder zu Bewusstsein kam. Beim ersten Schrei des Babys stürzte er ins Geburtszimmer.

Władysław wankte hinterher.

Wieder hatten beide die Geburt verpasst.

Die Hebamme übersah Durusan ganz bewusst, hielt dem polnischen Vater das noch blutbedeckte Baby entgegen. Aber Durusan riss ihr das Kind aus den Armen, um es mit väterlichem Blick zu bestaunen.

Władysław ließ sich müde auf einem Sessel nieder und betrachtete mit Schafsblick dieses Bild. Er hatte sogleich auf dem Köpfchen die verklebten, schwarzen Haare entdeckt. „Oh Romanella, mein winziges Stiefkind, da bist du endlich", sagte er matt. „Die Babuschka soll lange leben! Und unser Geheimnis soll sie noch lange mit sich herumtragen. Ein Riesengeschenk will ich ihr für meine Ehrenrettung schicken!"

Die Hebamme wurde hellhörig, sie sah die Mutter scharf an und fragte mit einem Seitenblick auf Durusan: „Stiefkind? Ich muss von Gesetzes wegen den Ehemann als Vater eintragen." Sie deutete auf Władysław in der Ecke.

„Władysław! Was plapperst du da für einen Blödsinn?", schimpfte Magdalena laut. „Komm' her, du Vater meines Kindes." Sie winkte Władysław zu sich. „Meine liebe Babuschka hat vor allen Leuten ein altes Familiengeheimnis gelüftet. Du kannst doch niemandem etwas anderes erzählen als sie. Hörst du? Niemandem! Niemals!"

Durusan gab das Mädchen sofort an Władysław ab und schimpfte erschrocken: „Die Babuschka freut sich bestimmt über diese Ähnlichkeit mit ihrem geheimnisvollen Vater. Und du solltest dich ebenso für immer über diese Ähnlichkeit freuen."

Władysław hob das kleine Bündel vorsichtig hoch. Er küsste das Baby auf die Stirn. Dann legte er es Magdalena auf den Bauch und grinste Durusan fröhlich an:

„Endlich habe auch ich mein Töchterchen. Wir werden dafür sorgen, dass unsere Töchter die besten Freundinnen der Welt werden."

Eine Gegend, ihre Bevölkerung und ein Buch

Das *Decamerone* von Giovanni Boccaccio (1313–1375) enthält 100 Novellen, die in den sanften Hügeln von Florenz von den Protagonisten an zehn Tagen erzählt werden, deshalb heißt es auch „Zehn-Tage-Werk". Es ist nicht schwer, sich von Boccaccios Buch faszinieren zu lassen. Bereits die pure Menge von 100 Geschichten stellt für jeden Autor eine große Leistung dar. Viele Schriftsteller haben sich schon mit Boccaccio auseinandergesetzt und ihrer Kreativität in Anlehnung an diesen großen Meister ihren Lauf gelassen, darunter Miguel de Cervantes, Honoré de Balzac und Gotthold Ephraim Lessing.

Vor einigen Jahren habe ich die 31 Geschichten aus der bayrischen Provinz gelesen, die Oskar Maria Graf 1928 veröffentlichte. In Grafs Freundeskreis stellte man damals fest, dass sie „in Motiv und Handlung etwas Ähnlichkeit mit Geschichten aus dem Dekameron" hätten, wie er selbst in seinem Nachwort schreibt. Mag sein, dass sein Verleger deshalb auf die Idee kam, diese Geschichten mit dem Titel *Das bayrische Dekameron* herauszubringen – ohne Rücksichtnahme auf die im Titel enthaltene Zahl zehn (griechisch *deka*).

Ich fand die Idee sehr geschickt, das Dekameron aus Italien nach Bayern zu importieren. Auch in der Europäischen Metropolregion *Rhein-Neckar*, die im erweiterten Kerngebiet um Mannheim-Heidelberg-Ludwigshafen etwa in den Grenzen der alten Kurpfalz liegt, kommt es nun also zu einem Dekameron. Das *Kurpfälzer Dekameron* soll am Ende zehn Geschichten umfassen. Bis jetzt gibt es insgesamt zwei Geschichten, denn ich habe 2007 bereits *Die schöne Bäckerin* vorgelegt, eine Geschichte, die im dörflichen Milieu angesiedelt ist.

Die *Hochzeitssuppen* spielen in einer Stadt, in der das Thema Migration schon immer eine große Bedeutung besitzt.

Mannheim – die ehemalige Residenzstadt der Kurpfalz (1720–1778), ist die größte Stadt in der Metropolregion Rhein-Neckar. Hier leben viele Menschen, die aus fremden Ländern stammen und die ihre zahlreichen Heimatsprachen mitgebracht haben. Etwa 20% der circa 325.000 Einwohner haben einen ausländischen Pass, deshalb fällt es mir leicht, mich in diesem Klangteppich aus Sprachen kosmopolitisch zu fühlen. Gemäß der Statistik wohnten 2008 in Mannheim 19.222 Türkinnen und Türken. Mit 4.664 Personen war die polnische Bevölkerungsgruppe nach der türkischen und der italienischen die drittgrößte Population in Mannheim. Mit den genannten Zahlen ist eine Statistik, die unsere Protagonisten eingruppiert, jedoch nicht zu Ende gedacht. Władysławs Eltern leben in Polen, demnach ist er ein *Auswanderer*, in Deutschland ein *Einwanderer*, aber dieser Ausdruck ist wohl aus politischen Gründen nicht so üblich. Im Gegensatz zu Władysław haben Magdalena, Meral und Durusan keine *Migrationserfahrung*, schließlich wurden sie in Mannheim geboren. Mancher Ausländer der zweiten Generation lässt sich wie Durusan einbürgern. 2011 kamen in Mannheim 615 „neue Deutsche" aus insgesamt 65 Staaten hinzu. Der größte Teil der Newcomer stammte aus der Türkei, was nicht verwundert. Jeder eingebürgerte Ausländer wird in der Statistik zu einem *Deutschen mit Migrationshintergrund*. In Mannheim liegt dieser Anteil zwischen 12,5% und 15%. Die meisten der freiwilligen Deutschen sind beruflich erfolgreich, hochmotiviert und haben es sich in den Kopf gesetzt, die deutsche Sprache akzentfrei zu sprechen, viele beherrschen sogar einwandfrei den örtlichen Dialekt.

Nun haben sich unsere jungen Protagonisten in Mannheim niedergelassen, und sie möchten Familien gründen. Beim Nachwuchs sind den Statistikern die intimen Vaterschaftsgeheimnisse egal, sie haben andere Schwierigkeiten zu meistern, denn in ihren Erhebungsgrundlagen müssen sie den Gesetzesänderungen folgen. Insgesamt wurden 2011 in Deutschland rund 663.000 Kinder geboren. 143.400 oder 21,6% dieser Kinder haben wenigstens einen ausländischen Elternteil, wie Romanella. Romanella ist nun sowohl deutsch als auch polnisch, sie hat gemäß dem sogenannten Optionsmodell eine doppelte Staatsbürgerschaft, weil zumindest ihre polnische Mutter schon seit mehr als acht Jahren in Deutschland lebt. Wenn Polen nicht in der EU wäre, müsste sich Romanella gemäß dem Optionsmodell bis zu ihrem 23. Lebensjahr entscheiden, ob sie dann entweder eine Deutsche oder eine Polin sein möchte. EU-Bürger können jedoch gleichzeitig deutsch und anders sein. Yasemin, das Kind, das aus der Ehe von Meral und Durusan hervorgeht, hat nur die deutsche Staatbürgerschaft. Wir nehmen an, dass sich Meral bei ihrer Heirat einbürgern ließ. Der kleinen Yasemin geht es wie etwa 30% der in Deutschland lebenden Kleinkinder unter fünf Jahren: Sie ist eine Deutsche mit Migrationshintergrund, jedoch ohne eigene Migrationserfahrung.

Das waren einige Gedanken und Hintergrundinformationen zur zeitgenössischen Migration in der Hauptstadt der ehemaligen Kurpfalz, der Kulisse für die *Hochzeitssuppen*.

In der vierhundertjährigen Geschichte Mannheims gibt es zwei Integrationsfiguren, die wohl jedem Mannheimer ein Begriff sein mögen. Beide heißen Carl. Der eine ist der Kurfürst *Carl Theodor von der Pfalz* (1724–1799), während dessen Regentschaft Mannheim eine 50 Jahre dauernde, blühende Friedenszeit erlebte und in der Zeit der Aufklärung den guten Ruf als eine der glanzvollsten Kulturmetropolen Europas erworben hat. Der andere Carl war *Carl Friedrich Michael Benz* (1844–1929) und ihm verdankt die Welt das erste Auto, konstruiert mit einem *Benz*inmotor.

Nebenbei: In der Zeit von Carl Benz gehörte die Kurpfalz schon lange nicht mehr sich selbst, sondern aufgrund der Ergebnisse des *Wiener Kongresses* zum Großherzogtum Baden. Nach dem *Zweiten Weltkrieg* legten dann die Alliierten Baden und Württemberg zusammen.

In Mannheim kennt jeder den *Benz,* aber ob heutzutage auch jeder die Evo-Bus GmbH kennt? 1995 hat die Stuttgarter *Daimler AG* das zum Konzern gehörende Mannheimer Benz-Werk in diese Firma umgewandelt. Der Schwabe Gottlieb Daimler (1834–1900) war ein Konkurrent von Carl Benz. 1926 wurden die Fabriken der beiden vereinigt, worauf die Firma dann *Daimler-Benz AG* hieß. Wegen des Zukaufs von Chrysler im Jahr 1998 nannte sich das Unternehmen zunächst einmal *DaimlerChrysler AG,* nach dem Verkauf 2005 nur noch Daimler. Man ahnt, worunter die Befindlichkeiten in der Kurpfalz leiden – ab und zu kommt etwas abhanden, der Lauf der Geschichte lässt sich nicht immer beeinflussen.

Und was wäre Mannheim, wenn es nicht bewegt wäre? Hier fuhr 1885 nicht nur das erste Auto herum, hier wurde bereits 1817 das Fahrrad erfunden und dann 1921 der erste Traktor, *Bulldog* genannt. Hier wurde 1912 ein funktionstüchtiges Luftschiff gebaut (die Alternative zum *Zeppelin*) und 1929 das erste Raketenflugzeug, das flog. Hier wird gerudert, gepaddelt was das Zeug hält (unzählige Olympiasieger/ -siegerinnen) und im *Rhein-Neckar-Hafen Mannheim* werden ankommende Containerschiffe gelöscht oder beladen. Der Binnenhafen verteilt sich über mehrere Stadtteile, er hat eine Gesamtuferlänge von 54 Kilometern. Selbstredend, dass es in Mannheim auch einen großen Güterbahnhof gibt.

Der erwähnte Kurfürst Carl Theodor – der die bayerische Königskrone erbte und deshalb samt Residenz 1778 nach München *auswanderte* – war dem wissenschaftlichen und technischen Fortschritt und den Erfindungen zugeneigt. Ich

versuche mir manchmal vorzustellen, wie er die Brücken-
bauwerke, Straßenauffahrten und Schienenstränge gefunden
hätte, die man in seinen Schlosspark zwischen Barockschloss
und Rhein bis heute ins Grüne hineingebaut hat. Hätte ihn
von einem Fenster aus der Anblick eines ganz in Weiß gravi-
tätisch in den Hauptbahnhof gleitenden ICE entzückt?

Zurück zu unserer Novelle. Die etwa 3.500 Benz-Mitarbeiter
in Mannheim montieren hauptsächlich Busse, zumeist *Mercedes*-Stadtbusse. Hochgerechnet könnten sich etwa 50 Polen
oder Polinnen und 207 Türken oder Türkinnen unter diesen
Mitarbeitern befinden – eingebürgerte Mannheimer nicht
eingerechnet. Da ist es möglich, dass sich Władysław und
Durusan bei der Arbeit kennenlernen. Eine Freundschaft unter gleichaltrigen Arbeitskollegen ist nicht ungewöhnlich.

Meral, die in den Werkshallen putzt, gehört möglicherweise
zum Trupp einer Ludwigshafener Büro- und Gebäudereini-
gungs-Firma, bei der sie als Reinigungskraft fest angestellt
ist. Magdalena absolvierte in einem Odenwälder Hotel eine
Ausbildung im Hotel- und Gaststättengewerbe. Sie hat dann
ein halbes Jahr lang eine Zusatzausbildung zur Barkeeperin
hinter sich gebracht. Die Piano-Bar im Maritim, wo sie arbeitet, schließt gewöhnlich nachts um 1.30 Uhr. Gegenüber
steht der Wasserturm, das Wahrzeichen der Stadt.

Mannheim liegt am Wasser, an zwei Flüssen, die sich ver-
einigen. Vielleicht ist auch deshalb der Wasserturm, 1889 er-
baut als technisches Werk der Wasserversorgung und heute
das architektonische Schmuckstück in einer Jugendstilanlage,
so beliebt. Wenn ich in der Stadt unterwegs bin, halte ich oft
Ausschau nach Meral und Magdalena, die zu Freundinnen
geworden sind, oder nach Durusan und Władysław, die vieles gemeinsam unternehmen. Vielleicht flanieren sie neben
mir auf den Planken, vergnügen sich in einem Café auf dem
Marktplatz oder eilen wie ich über die Kurpfalzbrücke.

Der Leser mag sich fragen, wie sich wohl die Ehen der Protagonisten mit den Jahren fortentwickeln werden. Gerade in der Liebe zu den beiden erstgeborenen Töchtern verlangen Meral und Magdalena ihren Männern einiges ab. Können alle Protagonisten durch die Liebe zu ihren Kindern wachsen oder werden sie verbittern? Sträubt sich hier nicht auch die bürgerliche oder religiös motivierte Moralvorstellung gegen die leichtfüßige, heitere Zuversicht „es wird schon gutgehen"?

In diesem Sinne schließt sich wieder der Kreis und ich komme zurück auf den unbürgerlichen Boccaccio, der sich auch gern über die Bigotterie lustig gemacht hat. Im Namen der Liebe zum anderen Geschlecht wird bei ihm getrickst, mit List gekämpft, gelogen, und es werden Streiche gespielt. Am Ende steht dann auch mal einer als der Dumme da. Und ganz zum Schluss muss die gewohnte Moral durchaus einer neuen, ungewöhnlichen weichen, damit das Märchen gut ausgeht und alle bis an ihr Lebensende glücklich sein können.

Die eingangs erwähnten statistischen Zahlen wurden im November 2012 dem Internet entnommen. Sie stammen von der Homepage der Stadt Mannheim, aus dem Mikrozensus 2011 des Statistischen Bundesamts über die Bevölkerung mit Migrationshintergrund, von der Homepage des Verbandes binationaler Familien und Partnerschaften (iaf e. V.) und aus einer Studie des Mannheimer Zentrums für Europäische Sozialforschung.

Man sagt, die Schönheit eines Menschen, das Schöne eines Kunstwerks läge immer auch im Auge des Betrachters. Dem möchte ich hinzufügen, die Interpretation einer Statistik liegt auch immer im Auge des Betrachters.

Olga Manj

Dank

Ich danke allen Mitgliedern der Literatur-Offensive, die durch ihre offene Kritik am Gelingen dieses Werks beteiligt waren, vor allem Gisela Hübner für ihr begleitendes Lektorat und Lothar Seidler für seine Unterstützung, nicht zuletzt beim letzten Feinschliff. Dank gilt auch dem Lothar-Seidler Verlag Heidelberg für die freundliche Genehmigung, das Label *Edition LitOff* nutzen zu können. Mein Dank gebührt auch den Freunden, die mich inspiriert haben, und allen, die über die Jahre hinweg stets nachfragten, wie weit ich denn schon sei. Ein großer Dank geht auch an meinen Sohn, für die Betreuung meiner IT-Technik.